FERRET GUIONIE 1988

REINE

DE BEAUTÉ

Paris. — Imp. PAUL DUPONT, 41, rue J.-J.-Rousseau. (Cl.)

AUTRES ROMANS

D'ADOLPHE BELOT

Collection grand in-18 iésus à 3 francs le volume.

ROMANS ÉCRITS EN COLLABORATION

AVEC M. ERNEST DAUDET :

AVEC M. DAUTIN :

REINE

DE BEAUTÉ

PAR

ADOLPHE BELOT

PARIS

E. DENTU, ÉDITEUR

IBRAIRE DE LA SOCIÉTÉ DES GENS DE LETTRES

PALAIS-ROYAL, 15-17-19, GALERIE D'ORLÉANS

1883

REINE DE BEAUTÉ

I

— Le prince Orsiloff fait demander si monsieur le baron veut bien le recevoir.

— Le prince Orsiloff! Vous ne vous trompez pas?

— Non, monsieur. J'ai parfaitement entendu.

— Bien. Faites entrer.

Quelques secondes s'écoulèrent, puis le valet de chambre du baron Charles de Mérieux introduisit auprès de son maître un homme d'une quarantaine d'années, de grand air, à la taille élevée.

Il s'avança, répondant par un léger mouvement de tête au salut de M. de Mérieux, prit place sur

le fauteuil qu'on lui désignait et, sans tarder, fixant
sur le baron son regard un peu dur, il lui dit :

— Je n'ai sans doute pas l'honneur, monsieur,
d'être connu de vous.

— Je vous demande pardon, prince. Je vous connais beaucoup... de nom, de vue et de réputation,
comme la plupart des Parisiens de notre monde.

— Eh bien, j'ai l'honneur de vous connaître
davantage, moi, monsieur. Je vous connais sous
tous les rapports, physiques, intellectuels et moraux.

— Vraiment !

— Vraiment, et dans le cas où vous voudriez
bien me le permettre, je vous prouverais ce que
j'avance.

— Si cela peut vous être agréable, prince, je n'y
vois aucun obstacle.

Il rapprocha son siège de celui de son hôte, pour
lui permettre de parler à voix basse, et très intri-
gué, peut-être légèrement inquiet, mais affectant
une complète tranquillité d'esprit, il lui prêta toute
son attention.

—Monsieur, fit le prince non moins calme,
d'une voix très nette, très brève, vous venez

d'avoir trente ans, et dans votre Paris mondain où tant de personnes désirent inutilement faire parler d'elles, être à la mode, répandre quelque lumière, vous brillez du plus vif éclat.

Le baron de Mérieux sourit froidement sans répondre.

— Vous ne devez pas seulement votre renommée à vos dépenses, à votre luxe, continua le prince ; vous la devez aussi à certaines qualités, certains agréments particuliers qui vous mettent en relief. Vos collègues de club vous tiennent pour un beau joueur, un cavalier remarquable, un tireur à l'épée de premier ordre, et pour un compagnon serviable, gai, ardent au plaisir, d'une moralité accommodante. Les femmes, celles qui ne craignent pas de se compromettre et qui peuvent dire tout ce qu'elles pensent, font de vous le plus vif éloge. Elles ne vantent pas seulement votre générosité, vos bons procédés ; elles affirment, je vous demande pardon de blesser votre modestie, que vous êtes l'amant le plus parfait, le plus complet qu'une femme puisse rêver.

Le baron de Mérieux crut encore devoir sourire, mais ne protesta pas autrement.

Sans prendre garde au sourire, toujours aussi sec,
aussi froid, comme un historien fidèle, sincère, qui
se borne à citer des faits et ne les juge pas, qui ra-
conte et ne met aucune ardeur à son récit, le prince
Orsiloff continua :

— Les souvenirs que vous avez laissés à plusieurs de vos maîtresses, du monde artistique et
demi-mondain, ont été tellement vifs que plusieurs
d'entre elles vous regrettent et vous pleurent.
On cite même certaine demoiselle, trop vivement
éprise sans doute, qui, désolée de votre abandon,
désespérant de voir revenir les beaux jours ou les
belles nuits que vous aviez daigné lui consacrer,
s'est tout dernièrement suicidée en souvenir de
vous.

— Monsieur, interrompit le baron de Mérieux,
sans que sa voix, du reste, trahît la moindre émotion, ce souvenir m'est pénible ; je vous serais obligé
de ne pas insister.

— Soit !... J'ai voulu, pour que mon récit fût complet, citer ce fait, connu de tout Paris... J'ai cité, je
continue... Il paraît que, dans le tête-à-tête, vous êtes
d'abord un délicieux charmeur, à la parole persuasive, à la voix caressante et chaude. On vous écoute

malgré soi, et peu à peu on se laisse convaincre. On croit à vos promesses, à toutes. On a eu raison. Jamais, paraît-il, la confiance d'une maîtresse n'a été mieux justifiée : vous donnez même plus que vous n'avez fait espérer. Vous n'êtes pas seulement généreux, vous êtes prodigue. Vous possédez à fond l'art d'aimer et tous les secrets qui plaisent aux sensuelles. Vous parvenez même, assure-t-on, à faire sortir de leur engourdissement, de leur torpeur, les endormies et les froides. « Il réveillerait une morte, » disait dernièrement en parlant de vous, cette jolie Mlle X..., qu'on a surnommée la *Femme de glace.*

— Elle exagère et vous exagérez, prince, fit M. de Mérieux en frisant sa moustache.

— Non, monsieur ; je ne fais pas votre éloge pour le plaisir de le faire. Je dis simplement la vérité parce que j'ai mes raisons pour la dire.

— Quelles raisons ?

— Encore quelques secondes de patience.

Il s'arrêta, tira d'un élégant étui une cigarette russe, l'alluma et reprit du même ton froid :

— Mais si votre gloire n'a fait qu'augmenter, votre fortune a beaucoup diminué... tellement di-

minué même qu'il n'en reste plus rien... Un autre
homme que vous se dirait : « Jeune comme je le suis
encore, avec ma santé surprenante, ma solidité
à toute épreuve, bien posé dans le monde, aimé
jusqu'à la folie par des femmes qui deviendraient
volontiers mes protectrices, je veux refaire ma
fortune et être plus riche que je ne l'ai jamais été. »
Vous ne le dites pas, car il faudrait travailler,
et l'amour du travail vous manque absolument.
Vous n'avez vécu jusqu'à ce jour que pour aimer
parfois, vous laisser aimer le plus souvent. Vous
ne connaissez que ce genre d'occupation ; vous
n'en voulez pas d'autre. Le travail n'est pas
votre affaire, et, pour reconstituer votre fortune,
payer vos dettes, vivre à votre gré comme vous
avez toujours vécu, il vous faudrait pouvoir compter
sur autre chose.

— Sur quoi ?

— Sur une combinaison, par exemple, qui nous
permettrait de partager, entre nous deux, la modeste
somme de cinquante millions.

II

Le baron de Mérieux avait écouté jusque-là le prince Orsiloff avec plus de surprise et de curiosité que d'intérêt. Il s'étonnait de le trouver si bien renseigné sur son compte et se demandait dans quel but cet étranger, ce grand seigneur russe, s'était donné tant de peine pour l'étudier et le connaître. Mais ces mots : « cinquante millions à partager » prononcés par un homme qui passait pour être des plus sérieux, excitaient, cette fois, son intérêt au plus haut point.

Cependant, toujours maître de lui, aussi froid que son interlocuteur, au bout de quelques secondes, il se contenta de dire :

— Voyons, prince, la combinaison dont vous parliez.

— Je vais vous la dire, répliqua le prince Orsiloff sans quitter le fauteuil sur lequel il était assis
depuis le commencement de cet entretien. Mais,
avant, permettez-moi de vous demander s'il vous
est parfois arrivé de songer à quelque beau mariage pour refaire votre fortune compromise.

— Oui, je l'avoue, cela m'est arrivé.

— Avez-vous cherché ?

— Peut-être.

— Et vous n'avez pas trouvé ?

— Non, puisque je suis resté garçon.

— C'est que vous avez dû vous mal adresser.

— Vous croyez ?

— Oui. Vos recherches se sont portées du côté
des jeunes filles à marier.

— Eh bien ?

— Eh bien, une jeune fille n'a pas de motifs suf-
fisants pour vous épouser. Elle ne vous connaît
pas. Vous êtes assez beau garçon, j'en conviens ;
mais vous n'avez rien d'extraordinaire. A première
vue, on ne s'extasie pas devant vous. Vous ne frap-
pez pas l'imagination. Quant à votre renommée,
elle ne monte pas jusqu'aux jeunes filles, les jeunes
filles bien élevées s'entend. Leur innocence du reste

les empêcherait de l'apprécier. Après le mariage, je
ne dis pas. Il est probable que votre femme devien-
drait folle de vous. Mais avant, pendant que vous
faites simplement la cour, vous devez ressembler à
tous les soupirants, être l'égal de tous... Ce n'est
donc pas aux jeunes filles qu'il faut vous adresser ;
c'est aux veuves.

— Une veuve, fit observer M. de Mérieux, ne
me connaîtrait pas davantage, en admettant que je
gagne à être connu.

— Pardon. Une veuve, grâce à son expérience,
vous devinera... Puis, rien ne vous empêche de
vous faire d'abord connaître, apprécier par elle, et
de l'amener peu à peu à demander le mariage,
pour être certaine de ne pas vous perdre.

Il se leva, fit deux pas, et tournant le dos à la
cheminée, sa grande taille un peu rejetée en arrière,
ses deux coudes appuyés sur le marbre, bien en
face du baron de Mérieux resté sur son fauteuil, il
lui dit en le regardant :

— Connaissez-vous une de mes compatriotes, la
princesse Sophia Lavisine ?

— Oui, de vue, de nom et de réputation, comme
j'avais l'honneur de vous connaître jusqu'ici...

1.

Je l'ai entrevue au Bois, à l'Opéra et parfois dans le monde.

— Comment la trouvez-vous ?

— Mais... laide.

— Cependant sa tête a du caractère. Elle a de beaux yeux qui, du fond de leurs orbites profondes, lancent des lueurs magnétiques.

— J'en conviens. Mais le nez, trop irrégulier, trop fort, épaté plus qu'il ne convient, attire le regard et empêche de les admirer.

— La bouche est des plus jolies avec ses lèvres rouges et ses petites dents blanches, de grosses lèvres retroussées et des dents de louve qui semblent toujours prêtes à mordre, à dévorer quelqu'un.

— C'est tout à fait cela... Une bouche appétissante et pleine d'appétits. Elle doit en avoir beaucoup, en effet... Mais quand il est question de mariage, que vient faire ici ce portrait de la princesse Sophia Lavisine ? Depuis longtemps elle n'est plus une jeune fille et son mari est encore trop jeune pour qu'on puisse espérer qu'elle devienne veuve.

Orsiloff huma sa cigarette, lança dans l'air une

bouffée de fumée, puis laissa tomber négligemment ces mots :

— Bah ! on ne sait pas ce qui peut arriver. La santé du prince Lavisine est, dit-on, fort ébranlée... Cela se comprend : après dix ans de mariage... Dix ans passés aux côtés d'une femme aimante comme la sienne... Puis le prince a de nombreux ennemis, des ennemis terribles.

— Des ennemis, pourquoi ?

— Parce qu'il n'a jamais cessé de faire une guerre acharnée aux nihilistes, qu'il s'est prononcé ouvertement autrefois contre toutes les mesures de clémence et conseillé au czar Alexandre II les plus grandes rigueurs. On le sait, et sa vie est en danger... Il l'a si bien compris qu'il est venu se réfugier en France... Mais les hommes dont il s'est déclaré l'ennemi, l'ennemi sans pitié, sauront tôt ou tard l'atteindre.

Depuis un instant, la voix du prince Orsiloff, si froide jusque-là, s'était animée, son regard fauve avait plus d'éclat sous ses épais sourcils. M. de Mérieux ne remarqua pas ce changement ; il songeait aux cinquante millions qu'on avait fait briller brusquement à ses yeux ; il y songeait si bien qu'il ne put s'empêcher de dire :

— Laissons les nihilistes de côté et revenons à la question.

— Nous n'avons pas besoin d'y revenir. Nous ne nous en sommes pas écartés un seul instant.

— Comment ? Vous pensez que...

— Je pense que la princesse Lavisine, si la destinée voulait qu'elle devînt veuve, hériterait de toute la fortune de son mari, et que cette fortune se monte à cinquante millions.

— Ah !

— Dont la plus grande partie est représentée par d'excellentes valeurs et des immeubles.

— Mais, fit observer M. de Mérieux, la princesse n'hériterait que si elle n'a pas d'enfants.

— Elle n'en a pas.

— Et si le prince n'a pas fait de testament ?

— Il en a fait un, au contraire, en sa faveur. Rien d'étonnant : il l'aime, et elle exerce sur lui le plus grand empire.

A son tour, le baron de Mérieux s'était levé et, droit devant le prince Orsiloff, à deux pas de lui :

— Alors, dit-il, en prévision du malheur qui pourrait arriver, d'une mort provoquée par une maladie ou un accident, vous êtes venu me conseiller, si je comprends bien, d'essayer de plaire à la princesse Lavisine, afin de l'épouser un jour ?

— C'est tout à fait cela, dit le prince, plus froid que jamais.

— Et, en échange de l'idée que vous m'apportez, vous désirez partager avec moi les cinquante millions qui constitueront la dot de la princesse ?

— Précisément. Vous avez compris.

Pendant quelques secondes, le baron de Mérieux garda le silence. On aurait dit qu'un combat se livrait en lui : d'un côté, quelques derniers scrupules, un regain de délicatesse qui l'empêchaient d'accepter la combinaison du prince ; de l'autre, le souvenir de sa situation désespérée et l'appât des cinquante millions. Les millions triomphèrent sans doute de sa conscience, car il dit bientôt :

— C'est une affaire à longue échéance que vous m'offrez. En admettant qu'elle réussisse, une année, plusieurs années peut-être s'écouleront. Le prince, malgré son épuisement et ses ennemis les nihilistes, ne mourra probablement pas tout à coup pour nous être agréable... Mourrait-il, qu'avant de songer à épouser sa veuve, il faudrait laisser écouler le

temps légal... Comment pourrais-je vivre jusque-là,
et bien vivre, comme il convient lorsqu'on est l'a-
mant d'une femme telle que la princesse Lavisine?
Vous avez reconnu vous-même, et je ne vous ai
pas contredit, que j'étais ruiné, criblé de dettes, à
moitié perdu.

— Eh bien, ne suis-je pas là? répondit tranquillement le prince qui prévoyait sans doute l'objection... Il s'agit d'une affaire qui peut me rapporter
vingt-cinq millions. Je trouve juste d'avancer
quelques fonds à mon associé et il les peut accepter.

— Quoi ! vous voulez?...

— Sans doute... Vous allez vous mettre, inutilement peut-être, en frais d'assiduité et de séduction.
Vous risquez de n'être point aimé au point qu'on vous
épouse, et de rester l'amant d'une femme dont le
mari met de l'entêtement à ne pas mourir... Je
dois, de mon côté, courir quelques risques, et pour
que l'opération réussisse, que vous conserviez
votre prestige d'homme riche, car, en amour, la
pauvreté est mal venue, je me ferai un plaisir, si
vous le permettez, de payer vos dettes les plus
pressées et de vous assurer un revenu suffisant
jusqu'au mariage.

Comme le baron, la tête baissée, ne répondait pas, le prince Orsiloff ajouta au bout d'un instant :

— Je ne demande pas, du reste, une décision immédiate. Réfléchissez ; l'affaire en vaut la peine. Après-demain, la princesse Lavisine donne un grand bal dans son hôtel du parc Monceau. S'il vous plaît que je vous présente, je suis à vos ordres... Mais, ne l'oubliez pas, votre présence à ce bal voudra dire : Je tente l'entreprise telle que vous me la proposez et j'accepte vos conditions. Si j'épouse, je partage la dot avec vous.

Tout à coup, le baron de Mérieux releva la tête, regarda son tentateur et dit :

— Et si, après avoir épousé, je ne partageais pas ?

— Je vous tuerais, dit le prince de sa voix la plus calme.

Puis il salua légèrement et sortit.

III

Le bal donné par le prince et la princesse Lavisine à la colonie russe et au Paris mondain jetait, vers minuit, tout son éclat. C'était une confusion de toilettes merveilleuses, un fouillis de soie, de dentelles, d'or, de perles, de diamants et de chair.

La princesse se montrait partout : dans les salons, sur l'escalier, dans la serre, souriant à celui-ci, serrant la main de celle-là, embrassant parfois sur les lèvres, à la mode russe, une jeune fille, sa compatriote et son amie. Elle était bien la femme décrite en quelques mots par le prince Orsiloff et le baron de Mérieux: un front carré, bombé, aux pommettes saillantes, aux yeux ardents, profonds, aux lèvres épaisses, au nez aplati, écrasé. Mais ces messieurs avaient négligé d'admirer l'animation, le co-

lori, la vie répandue sur ce visage : si le nez était mal
fait, irrégulier, ses larges narines dilatées et toujours
frémissantes donnaient à la physionomie une animation singulière, une expression des plus originales ;
les yeux brillaient d'autant plus vivement qu'ils
étaient plus enfoncés dans leur orbite et que les
pommettes avaient plus de saillie ; quant aux lèvres,
leur épaisseur même les rendait voluptueuses au
possible. Puis, cette tête reposait sur un corps
à la fois gracieux et solide, où la chair bien distri-
buée ne venait pas gêner le jeu des muscles, où le
sang circulait librement sans arrêt et sans trouble ;
des hanches développées, une taille pleine et
souple, des épaules larges, une poitrine opulente
et ferme cependant, une nuque puissante, traversée par une ligne noire de petits cheveux, de
poils légers ; bref, un beau corps de bacchante.

Son mari lui reconnaissait-il ces qualités ? L'ap-
préciait-il à sa juste valeur ? On pouvait le croire :
lorsque, parcourant comme elle les salons pour
l'aider à recevoir leurs hôtes, il la rencontrait, sa
taille courbée se redressait, son regard éteint
s'animait, ses lèvres pâles lui souriaient. Mais elle,
au lieu de s'arrêter pour lui parler, disparaissait

aussitôt dans la foule. Elle ne semblait pas trouver dans ces rencontres fortuites le plaisir qu'il
éprouvait... Cependant, on affirmait qu'elle l'avait
beaucoup aimé... trop aimé sans doute, avec trop
d'emportement, et comme il n'était plus à la hauteur de tant d'amour, qu'il n'y pouvait plus répondre activement, elle lui en voulait de s'être
arrêté en chemin, lorsqu'elle était encore ardente à
continuer la route.

Tout à coup, dans sa promenade à travers les
salons, en passant du premier étage au rez-de-
chaussée, la princesse Lavisine aperçut le prince
Orsiloff debout sur la dernière marche de l'escalier,
appuyé contre la muraille. Les yeux fixés sur le
vestibule où pénétraient d'abord les nouveaux arrivés, il paraissait attendre quelqu'un, et attendre
anxieusement, car il ne prenait pas garde aux
personnes qui passaient et repassaient devant lui,
aux nombreux saluts qu'il recevait. Cependant ces
saluts valaient qu'on y répondît : ils lui étaient
adressés non seulement par ses compatriotes,
mais aussi par des Parisiens bien posés dans le
monde, et de grands personnages. Le prince, en
effet, était fort estimé à Paris, où il tenait bien

son rang, sans bruit, modestement, ne nuisant à personne. On s'étonnait même de la simplicité de sa vie, quelques personnes se demandaient comment il pouvait dépenser la fortune considérable qu'on lui connaissait : il ne jouait ni à la Bourse, ni aux cartes, il n'avait pas de maîtresse, son train de maison était des plus ordinaires. Faisait-il donc des économies ? Pourquoi et pour qui ? Il n'était point marié et n'avait aucun proche parent.

La princesse, dès qu'elle l'eut reconnu, le rejoignit en lui disant :

— Que faites-vous là, prince, debout, incrusté dans la muraille comme une statue ?

— J'attends quelqu'un, répondit-il.

— Qui donc ?

— Le baron de Mérieux que je vous ai demandé la permission de vous présenter.

Les mobiles narines de la princesse Sophia tressaillirent légèrement, mais elle reprit d'une voix calme :

— C'est juste... Je l'avais oublié... Eh bien, il ne vient pas ?

— Je ne l'ai pas encore vu.

— Il ne tient peut-être pas à m'être présenté.

— Peut-être. Cependant cela m'étonne. J'aurais parié qu'il serait venu.

— Vous auriez perdu votre pari, voilà tout. Le baron de Mérieux que je ne connais pas, mais dont j'ai entendu beaucoup parler, est trop couru pour perdre son temps dans une fête comme celle-ci... C'est, dit-on, un homme à bonnes fortunes que votre baron ?

— Je n'en sais rien.

— Vous devriez le savoir ; ses aventures ont fait assez de bruit. Plusieurs femmes l'ont aimé, paraît-il, au point de mourir pour lui. C'est assez rare à notre époque, et je me suis quelquefois demandé, en ma qualité de curieuse et d'éternelle chercheuse, quelles qualités il pouvait avoir pour qu'on l'aimât jusqu'à... cette extrémité.

— Demandez-le-lui vous-même, princesse ; le voici.

Pendant qu'il prononçait ces mots, ses yeux brillaient et un sourire de triomphe éclairait son visage.

— Eh bien, allez à sa rencontre et présentez-le moi. Je vous attends à la même place, dit la princesse.

Il obéit, rejoignit M. de Mérieux qui le cherchait aussi des yeux depuis son entrée dans le vestibule, et, sans le saluer, brusquement :

— Venez, dit-il, la princesse vous attend.

Très correct dans sa mise, un gardénia à la boutonnière de son habit noir, le claque sous le bras, souriant, mais un peu pâle à la pensée qu'il allait jouer une grosse partie où son avenir était en jeu, le baron s'avança guidé au milieu de la foule par le prince.

Un instant après, la présentation eut lieu, et comme M. de Mérieux, après s'être incliné respectueusement, relevait la tête, son regard rencontra celui de la princesse fixé sur lui, le fouillant pour ainsi dire.

Il ne baissa pas les yeux et regarda comme on le regardait.

— Vous me trouvez laide, n'est-ce pas ? demanda tout à coup la princesse Sophia Lavisine qui, en sa qualité de grande dame, osait tout dire.

— Laide à faire peur, répondit-il.

— Autant que cela ?

— Oui autant que cela, car l'homme qui vous aimerait pourrait en mourir.

— L'homme qui m'aimerait... peut-être... mais il faudrait d'abord m'aimer, c'est le plus difficile... Personne n'y songe.

— Qu'en savez-vous, princesse? Le respect empêche peut-être de vous faire des confidences.

— Bah, le respect! fit-elle, pendant que ses belles épaules se soulevaient légèrement... Valsez-vous?

— Quand on m'invite, répondit-il en souriant.

— Je vous offre cette valse dont j'entends les lointains accords... Donnez-moi votre bras.

Quelques secondes après, ils atteignirent les salons et se mêlèrent aux flots des danseurs.

Il lui avait pris les mains, la taille et la serrait fortement contre lui, l'enlaçait étroitement. Elle le laissait faire, sans essayer de se soustraire à cet enlacement.

Ils tournèrent d'abord, en formant un grand cercle dans le salon, puis ils restèrent à la même place, tournant toujours, mais sur eux-mêmes, vite, plus vite, follement. Leurs poitrines se touchaient, leurs genoux se frôlaient, ils se coulaient l'un dans l'autre; lui, conservant tout son sang-froid pour mieux jouer son rôle, se faisant insensible pour être plus fort ; elle, les narines épanouies, le regard alangui, les nerfs en révolte, subjuguée peut-être par cette froideur même, enivrée par la musique, par les âcres senteurs répandues dans l'air, montant des fleurs, des épaules, des poitrines, et songeant vaguement à toutes les amours, à tous les succès de cet homme qui infatigable la faisait toujours tourner, se demandant si tous ses succès, il ne les devait pas à cette vigueur froide qui l'étonnait.

Enfin l'orchestre se tut ; ils s'arrêtèrent.

— Où voulez-vous que je vous conduise, princesse? fit-il de sa voix la plus calme.

Elle ne pouvait pas répondre. Elle était hors d'haleine. Sa tête tournait. Enfin elle le quitta brusquement et rejoignit le prince Orsiloff qui après l'avoir suivie dans la salle de danse, la suivait des yeux depuis qu'elle était dans la serre. . . . . . .

. . . .

Le lendemain, le baron de Mérieux recevait un chèque de deux cent mille francs. Le prince Orsiloff, persuadé sans doute que l'affaire dont il avait eu l'idée était excellente, faisait son premier versement.

IV

Après s'être défendue quelque temps par respect d'elle-même, entraînée vers lui, violemment,
elle s'était donnée tout entière. Leur liaison durait
depuis trois mois. Elle, elle l'aimait éperdument,
follement, de toute sa tête, de tous ses nerfs, de
tous ses sens. L'amour qu'elle avait autrefois ressenti pour son mari ressemblait si peu à celui-là
qu'elle se demandait si vraiment elle avait aimé,
si Charles de Mérieux n'était pas son premier amour
comme il serait le dernier.

Son cœur était-il pris comme sa tête? Peut-être,
car il battait à se rompre lorsque le baron arrivait
en retard de quelques instants sur l'heure du rendez-vous. Elle s'était jurée souvent de se faire
attendre comme lui, de se faire désirer, d'être co-

quette. Elle ne pouvait pas. Dès qu'il entrait, déjà vaincue, déjà soumise, elle l'appelait du regard et des lèvres.

Ils se voyaient tous les jours dans le petit hôtel de M. de Mérieux, situé près de l'Arc de Triomphe, dans une rue relativement déserte. Sous le prétexte que sa santé lui ordonnait de beaucoup marcher, elle sortait à pied, après son déjeuner, par tous les temps, vêtue le plus simplement possible pour être moins remarquée, marchant vite et regardant souvent derrière elle afin de s'assurer qu'elle n'était pas suivie. Si elle avait le moindre doute à ce sujet, elle prenait une voiture de place, donnait une adresse quelconque et, après une course rapide, certaine que personne ne s'occupait d'elle, rassurée, elle renvoyait sa voiture et se rendait chez M. de Mérieux. Il lui ouvrait lui-même et la conduisait dans le temple ou plutôt sur le théâtre, pour lui jouer sa grande scène d'amour.

La princesse Sophia, rentrée chez elle, vivait très retirée. Elle n'allait plus dans le monde, elle recevait à peine, et son mari, avec qui elle passait toutes ses soirées, pouvait se croire aimé comme autrefois. Il ne se doutait pas que si de fait elle

2

était là, de pensée, de cœur, elle était bien loin.
Ne vivait-elle pas encore avec son amant, tout entière à lui, à lui seul, toute frémissante au souvenir
des plaisirs passés, toute frissonnante en songean
à ceux du lendemain?

Elle était heureuse ainsi, ce bonheur lui suffisait,
elle n'en demandait pas d'autre. Mais lui, le baron
de Mérieux, n'y trouvait pas son compte. La combinaison proposée par le prince Orsiloff, l'affaire
consentie et entreprise n'avançait pas, traînait sans
donner de dividendes; les cinquante millions tar-
daient à entrer dans la caisse de l'association. Si
encore son associé était venu le voir de temps à
autre, pour lui inspirer de la confiance, lui donner
du courage, lui dire : « Ça marche, ça marche, les
millions apparaissent à l'horizon. Ils accourent. Ap-
prêtons-nous à les bien recevoir. » Mais non, le
prince était aussi invisible que les millions promis.
Après avoir fait un nouveau versement de fonds, il
avait brusquement quitté Paris. Personne ne connaissait le but de son voyage et personne ne s'en
inquiétait : il avait habitué depuis longtemps ses
amis à le voir disparaitre ainsi tout à coup, mys-
térieusement.

Livré à lui-même, M. de Mérieux commençait à désespérer. Habitué à mettre de la variété dans ses amours, allait-il donc rester l'amant éternel d'une seule femme, et d'une femme terriblement éprise, passionnée, exigeante? Il ne s'était pas engagé à cela; il voulait bien être l'amant, mais à la condition d'être bientôt le mari. La princesse ne se déciderait-elle donc jamais à devenir veuve et le prince n'aurait-il pas la délicatesse de mourir?

Le cher homme ne paraissait pas y songer. Il semblait, au contraire, revenir à la santé depuis que sa femme ne voyait plus en lui qu'un ami, un compagnon. Il reprenait des forces, sa pâleur diminuait, son regard éteint s'animait, son corps se redressait : il avait un renouveau. Quant aux nihilistes, ils paraissaient l'avoir absolument oublié : peut-être n'avaient-ils jamais songé à lui, malgré les craintes du prince Orsiloff.

Telle était la situation exacte des différents personnages de cette histoire, le 23 février 187...

La princesse rentra ce jour-là plus tard que de coutume. Elle s'était oubliée chez M. de Mérieux et elle n'avait plus que le temps de s'habiller pour le dîner. Sept heures venaient de sonner.

— Le prince est-il à l'hôtel ? demanda-t-elle.

— Oui, madame la princesse, lui répondit sa femme de chambre.

— Chez lui ou au salon ?

— Dans son cabinet de travail d u rez-de-chaussée.

— Bien. Dépêchez-vous de m'habiller. Je ne veux pas le faire attendre.

Aussitôt elle passa dans son cabinet de toilette situé au premier étage.

Comme elle venait d'y entrer, tout à coup, une détonation terrible retentit dans l'hôtel.

On aurait dit qu'il s'écroulait.

V

Un grand silence avait succédé à ce grand bruit. Les habitants de l'hôtel, maîtres et serviteurs, étaient terrifiés et n'avaient le courage ni de crier.

ni de quitter la place où ils avaient été surpris. On
s'attendait sans doute à une nouvelle détonation, à
un second ébranlement de tous les murs.

Les premières paroles furent prononcées par la
princesse appelant au secours, appelant son mari,
appelant ses gens. Elle sortit, en courant, de ses
appartements particuliers et s'élança sur le palier
du premier étage.

D'abord, personne ne lui répondit, personne n'apparut; puis l'intendant du prince, qui habitait le
second, descendit craintivement l'escalier et la
rejoignit. En même temps, le maître d'hôtel et trois
valets de pied se hasardèrent hors de la salle à manger où ils dressaient le couvert et accoururent
tout effarés, demi-morts de frayeur.

— Qu'y a-t-il? Qu'est-il arrivé? demandait la
princesse.

Tout à coup elle s'écria :

— Le prince, le prince ! Mon mari où est-il?...
Pourquoi n'est-il pas là?... Il a entendu comme
nous... Ah ! mon Dieu ! c'est du côté de son cabinet
que la détonation... Il lui est arrivé un malheur...
Vite, vite, venez avec moi.

Tout en parlant, elle descendait précipitamment

2.

l'escalier, traversait le palier du premier étage et atteignait la porte qui donnait accès dans le cabinet du prince.

Ses gens la suivaient, mais d'un peu loin, comme s'ils ne pouvaient courir aussi vite qu'elle, craintifs, s'attendant à voir l'hôtel s'écrouler sur leurs têtes. L'un d'eux même, sous le prétexte de demander du secours, s'était esquivé.

Elle, courageusement, sans hésiter, ouvrit la porte qui conduisait chez son mari.

Aussitôt, elle recula.

Un nuage de fumée et de vapeur, une odeur âcre, s'échappant par la porte ouverte, venaient de la suffoquer. Puis, elle ne pouvait avancer : l'appartement était plongé dans une obscurité profonde.

— De l'air ! Ouvrez les fenêtres ! cria-t-elle lorsqu'elle put parler. De la lumière !

Et, comme on ne bougeait pas autour d'elle :

— Voulez-vous bien exécuter mes ordres, s'écriat-elle en frappant du pied. Je vous chasse si vous hésitez.

Alors, on songea seulement à lui obéir. On la connaissait dans l'hôtel ; on avait peur de ses colères.

Du reste, aux domestiques venaient de se joindre

le suisse, les cochers, les palefreniers, moins effrayés que les autres, parce que du dehors, ils n'avaient pas entendu un bruit aussi terrifiant.

De plusieurs côtés, on apportait des candélabres allumés, des bougeoirs. Les cochers s'étaient armés de leurs lanternes. Mais c'était à qui n'entrerait pas.

La princesse Sophia saisit le candélabre que tenait son intendant et entra. Alors, quelques-uns osèrent la suivre.

Elle s'avançait doucement, pas à pas, le candélabre à la main, regardant autour d'elle.

Elle se heurta d'abord contre une chaise renversée, puis contre un amas de livres épars à ses pieds.

Enfin, comme elle levait le candélabre pour mieux voir, pour essayer de se rendre compte, il lui tomba des mains et elle poussa un cri terrible, en se reculant avec horreur.

Ceux qui la suivaient reculèrent d'abord aussi. Mais l'un d'eux, plus courageux que les autres, fit quelques pas et cria :

— Le prince, le prince! Là, là.

On s'approcha, on regarda.

Il fallait savoir qu'on se trouvait chez le prince,

s'attendre à le rencontrer dans cet appartement, à cette place, pour deviner que c'était lui. La tête, le visage n'existaient plus, ou plutôt ils n'avaient plus de forme : c'était un amas hideux d'os et de chair ensanglantés. De la poitrine, par une large ouverture, une sorte de cavité profonde, s'échappaient des flots de sang.

Le cadavre, car ce n'était plus qu'un cadavre, gisait à terre, sur le tapis, à moitié caché sous le bureau renversé et brisé en morceaux.

Dans le cabinet, aucun meuble n'avait été épargné. Partout, on voyait des trous, des déchirures profondes. On aurait dit qu'une grêle de balles était tombée dans ce cabinet, qu'un canon y avait éclaté, qu'une mitrailleuse y avait fait ses ravages.

La princesse, malgré son courage, s'était évanouie. On l'avait emportée dans ses appartements.

Vingt minutes environ s'écoulèrent, puis le commissaire de police du quartier d'Europe arriva.

VI

On devait sa visite à la frayeur éprouvée par le
domestique qui, des premiers, avait fui l'hôtel.
Persuadé que la maison et tout le quartier allaient
sauter, il s'était empressé de chercher un refuge au
loin. Puis, recouvrant ses esprits, craignant qu'on
ne remarquât son absence, il avait voulu la justi-
fier et s'était rendu chez le commissaire du quartier pour lui faire part de la catastrophe.

Celui-ci, sans hésiter, se jeta dans une voiture
avec son secrétaire et se fit conduire rue Murillo,
où se trouve l'entrée de l'hôtel Lavisine. Il venait
au hasard, sans trop savoir ce dont il s'agissait,
mais toujours prêt à se rendre sur le théâtre d'un
accident pour en prévenir les suites.

Il se croisa sous le vestibule de l'hôtel avec le

docteur H..., le célèbre professeur à l'École de mé-
decine, que la princesse Sophia, sa cliente, s'était
empressée de faire demander dès qu'elle avait repris
connaissance. Le savant et le magistrat entrèrent
aussitôt dans le cabinet de travail où rien n'avait été
changé, où le prince était étendu toujours à la même
place, sur le tapis ensanglanté.

Le docteur s'approcha, se baissa, sonda du doigt
les blessures béantes, écouta le cœur et dit :

— Il est mort depuis une demi-heure, mort
foudroyé.

— Une explosion, sans doute ? fit le commissaire.

M. H... respira longuement l'air, encore impré-
gné des vapeurs qui emplissaient la pièce, et
reprenant :

— Oui, une explosion produite, je crois, par la
dynamite... On respire ici, à pleins poumons l'acide
nitrique et l'acide sulfurique, bases de la nitro-glycérine qui sert à composer la dynamite.

— Le prince faisait sans doute quelque expérience
chimique, étudiait le produit dangereux dont vous
parlez, monsieur?... Il s'est approché du feu, d'une
lumière et...

— Non, répliqua le savant praticien en l'interrompant. La dynamite, grâce à sa préparation, à son mélange avec une matière siliceuse, destinée à isoler les molécules du liquide, peut être approchée impunément du feu, jetée même dans le feu sans causer d'accident... Elle brûlera lentement sans flamme ni détonation... L'explosion et les effets brisants, qui sont alors considérables et beaucoup plus terribles que ceux de la poudre, ne peuvent être provoqués que par un choc, le choc d'une capsule fulminante, par exemple.

Tout en parlant, le docteur regardait autour de lui, marchait, essayait de se rendre compte des ravages produits dans le cabinet.

Tout à coup, il s'arrêta pour ramasser un objet, qu'il venait de heurter.

Il y jeta un rapide coup d'œil et, le présentant au commissaire de police :

— C'est un éclat de bombe, fit-il. Je ne m'étais pas trompé... La dynamite, contenue dans un réceptacle de fonte, mise en contact avec une capsule, a brisé ses entraves, et les morceaux de la bombe, projetés de divers côtés, ont frappé mortellement le prince, troué, renversé et déchiré tout ce qu'ils rencontraient... Tenez, voici un nouveau mor-

ceau... Un autre s'est incrusté dans ce meuble ;
on l'y retrouvera.

— Alors, reprit le commissaire, vous supposez,
docteur, que le prince examinait une bombe chargée de dynamite, qu'elle s'est échappée de ses
mains, a roulé par terre et que le choc a fait
partir la capsule fulminante ?

— Ce serait possible, monsieur, mais je ne le
crois pas.

— Pourquoi ?

— Parce que le prince Lavisine, que j'avais
l'honneur de beaucoup connaître, ne s'occupait ni de
bombes, ni de dynamite et qu'il était du reste trop
prudent pour avoir chez lui des engins si terribles.

— Il pouvait ignorer que cette bombe fût chargée, fit observer le commissaire. Après le siège,
des accidents de ce genre sont arrivés avec des
obus que l'on croyait inoffensifs.

— Soit ! Mais si ce projectile était tombé de ses
mains pour rouler par terre, la partie inférieure de
son corps aurait été certainement atteinte... Regardez... Les jambes, l'abdomen sont intacts, au
contraire... La tête et la poitrine seules ont été
frappées.

Il s'arrêta, promena autour de lui son regard sûr et ajouta :

— Mes remarques, mes réflexions ne me laissent aucun doute sur ce qui s'est passé.

— Que s'est-il passé, monsieur ? Je vous demande pardon de vous interroger, mais j'ai cru vous reconnaître pour le savant professeur, M. H..., et l'opinion d'un homme de votre valeur sera précieuse pour moi.

Sans prendre garde au compliment, pénétré de son sujet, l'homme de science reprit :

— Suivant sa coutume, le prince Lavisine travaillait en attendant l'heure du dîner, assis là, devant son bureau, éclairé par cette lampe dont vous voyez les débris par terre... Tout à coup, une bombe est tombée sur le bureau même... Elle a éclaté instantanément et l'a foudroyé.

— Une bombe est tombée, dites-vous ?... Vous croyez donc à un crime ?

— Je ne crois à rien, monsieur... Ce n'est pas mon affaire ; c'est la vôtre... En ma qualité de médecin, je me borne à constater comment la mort de mon client a pu se produire et je ne tire aucune conséquence.

Le magistrat n'écoutait plus ; il s'était approché vivement d'une des fenêtres du cabinet et l'examinait.

VII

Cette fenêtre ou plutôt cette porte-fenêtre ouvrait sur un petit jardinet de quelques mètres qui séparait l'hôtel du parc Monceau. Le magistrat put immédiatement constater que ses deux grandes vitres étaient fendues dans toute leur longueur, sans avoir été atteintes cependant par quelque projectile, par suite seulement d'une vibration violente, d'un ébranlement.

Alors il se dirigea vers la seconde fenêtre, celle qui faisait face exactement au bureau du prince. Une de ses glaces était fendue comme les autres et de la même façon ; mais on remarquait, au milieu, un vaste trou produit sans aucun doute par le passage rapide d'un corps dur, violemment lancé.

Le commissaire de police était désormais fixé ; cependant il voulut appuyer son opinion sur celle de l'homme de science dont il avait en ce moment la bonne fortune d'être le collaborateur.

— Monsieur, dit-il en revenant vers lui, je vous serais vraiment obligé de me dire qu'elle pouvait être la grosseur, selon vous, de la bombe qui nous occupe.

Le docteur H... réfléchit, examina les divers morceaux de fonte qu'il avait successivement ramassés et répondit :

— Elle devait avoir à peu près la dimension et la forme d'un œuf d'autruche.

— Je vous remercie. Voudriez-vous maintenant me rendre le service de jeter un coup d'œil sur cette fenêtre ?

Ils s'approchèrent.

— Qu'en dites-vous ? demanda le commissaire, après avoir laissé à M. H... le temps d'examiner.

— Je dis que c'est le trou fait par la bombe.

— Elle aurait donc été lancée du dehors ?

— Oui, du petit jardinet qui s'étend sous ces croisées.

Et, jetant un coup d'œil sur le jardin éclairé par un bec de gaz, il ajouta :

— Un homme au bras solide, à la main ferme, peut même avoir lancé ce projectile d'une des allées du parc, sans qu'il ait eu besoin de franchir la grille. Elle n'est éloignée de cette fenêtre que de six mètres à peine.

— En effet.

— On pouvait aussi parfaitement viser… Voyez, les stores ne sont pas baissés et le prince, assis devant son bureau, avait la tête et la poitrine éclairées par la lampe placée devant lui.

— Cependant, fit le commissaire après avoir ouvert une des portes-fenêtres, ce rez-de-chaussée est élevé d'un mètre environ, et la personne placée de l'autre côté de la grille n'était pas au même niveau.

— Elle a pu s'y trouver. Il lui a suffi pour cela de monter sur le petit soubassement en pierre dans lequel la grille est scellée… Si vous ajoutez que cette personne avait le bras levé et qu'elle pouvait être de grande taille, vous arrivez juste à la hauteur du trou fait dans la vitre par le passage de la bombe.

— Je le reconnais, fit le commissaire.

Il réfléchit un instant et ajouta :

— Le crime est évident. Il ne s'agit plus que de trouver le criminel.

Ces derniers mots déplurent au docteur H... Il avait consenti à mettre sa science, son coup d'œil exercé, sa pénétration au service de celui qui l'en avait prié, mais il n'aimait pas qu'on lui rappelât qu'il s'était, en même temps, occupé de choses de police.

— Je vous quitte, monsieur, dit-il en saluant. Je me rends chez la princesse. Elle peut avoir besoin de mes soins.

Après le départ du docteur, le commissaire s'approcha de son secrétaire, et lui dicta le télégramme suivant :

« Commissaire du quartier d'Europe à préfet de police :

« Assassinat du prince Lavisine, sujet russe, dans « son hôtel, rue Murillo. Prière d'envoyer agents « de la sûreté. »

Ce télégramme fut remis à un des gardiens de

la paix que la police municipale dirige immédiatement sur les lieux où un événement grave est survenu. Puis le commissaire de police dicta ce rapport
sommaire :

« M'étant transporté rue Murillo où un accident
« venait, disait-on, de se produire, j'ai été conduit
« à constater qu'il s'agissait d'un crime... Une
« bombe chargée de dynamite a été lancée du parc
« Monceau dans le cabinet du prince russe Lavi-
« sine. L'effet en a été terrible : le prince est tombé
« foudroyé. Je ne puis, en ce moment, donner au-
« cun autre détail. Je reste sur les lieux et je pro-
« cède aux constatations. »

Le commissaire signa et cette lettre fut confiée
à un second gardien de la paix pour être portée,
sans retard, au domicile particulier du procureur
de la République.

VIII

Ces mesures prises, le commissaire de police s'empressa de continuer son enquête. Elle devait servir de base à l'instruction et guider, dans ses premières recherches, le juge instructeur, que le parquet ne manquerait pas de désigner le lendemain matin.

Procédant par ordre, il voulut compléter ses constatations matérielles, et, dans ce but, il descendit dans le petit jardinet qui précédait l'hôtel.

Malgré un examen attentif et les lanternes sourdes que le gardien de nuit, de service au parc Monceau, avait mises à sa disposition, il ne trouva, ni dans les plates-bandes ni dans l'allée circulaire recouverte de sable fin, aucune trace de pas. Alors il ouvrit une petite porte qui communiquait avec le parc et examina le terrain, de l'autre côté de la grille, dans le jardin public.

Une pelouse de quelques mètres, partant de l'allée commune, s'étendait devant cette grille. Dans la terre humide, au milieu d'un gazon clair-semé, on apercevait, très distinctement, des empreintes de pieds. On pouvait les suivre jusqu'au petit soubassement qui supportait la grille et sur lequel l'inconnu, au moment de lancer la bombe, avait certainement monté, car la pierre conservait la marque de ses chaussures chargées de terre et de gazon.

Après avoir donné l'ordre de recouvrir ces empreintes avec de la paille et des petites planches, pour qu'on pût les retrouver intactes le lendemain, le commissaire de police rentra dans l'hôtel.

Il allait maintenant passer à cette partie de l'enquête qu'on appelle les informations, c'est-à-dire interroger d'une façon sommaire, sans exiger le serment, les personnes qui pouvaient l'éclairer.

Il fit d'abord appeler les gardiens du parc Monceau. Avaient-ils vu un individu suspect rôder dans les allées, du côté de l'hôtel Lavisine ?

Le premier gardien affirma que, vers sept heures

du soir, au moment où, d'après le règlement, on
allait fermer les grilles du parc, un homme de
grande taille, le collet de son pardessus relevé, était
entré tout à coup dans le jardin par l'avenue Ruysdaël et avait tourné brusquement à gauche dans la
direction de l'hôtel.

Un autre gardien déclara qu'il venait de fermer
la grille qui donne sur la rue Rembrandt lorsqu'un
promeneur s'était présenté pour sortir.

— Vous lui avez ouvert ? demanda le commissaire
de police.

— Non, monsieur, il ne me l'a pas demandé ; il
s'est engagé aussitôt dans l'allée circulaire qui longe
les maisons et a dû sortir par l'avenue Van-Dyck.

— Ce promeneur était-il de grande taille ?

— Oui, monsieur, d'une taille au-dessus de la
moyenne.

En ce moment, trois agents de police, envoyés
par le service de la sûreté, vinrent se mettre à la
disposition du commissaire. Celui-ci reconnut aussitôt l'un d'eux, un inspecteur principal, et, l'interpel-
lant :

— Vous savez ce dont il s'agit, Corbin ? Vous
n'avez rien de particulier à me dire?

3.

— Je vous demande pardon, monsieur. Dans la rue de Courcelles, et dans la rue de Murillo, devant la porte de l'hôtel, se trouvent réunies plusieurs personnes qui prétendent avoir vu rôder près d'ici, un homme qui leur a paru suspect.

— Bien. Faites venir ces personnes.

L'inspecteur obéit et conduisit, quelques instants après, devant son chef, la marchande de gâteaux et de jouets d'enfants dont la petite boutique est située dans l'avenue Van-Dyck, près de la grille.

Elle avait vu, elle aussi, quelques instants après la détonation, passer devant elle un homme qui semblait fuir et dont le signalement répondait de la façon la plus exacte, aux indications données par les deux gardiens.

A cette femme succéda un conducteur d'omnibus. Il se trouvait sur le seuil du bureau des omnibus, boulevard de Courcelles, n° 98, lorsqu'un homme paraissant très agité et qui se parlait à lui-même à haute voix, tout en marchant, l'avait frôlé sans y prendre garde.

— Cet homme était de grande taille? demanda le commissaire.

— De taille moyenne.

— Vous êtes sûr qu'il n'était pas très grand ?

— Très grand, non... Grand, oui.

— Il était mis convenablement ?

— Oui, c'était un monsieur. Il n'avait pas une trop mauvaise figure.

— Il n'avait donc pas le collet de son pardessus relevé ?

— Non, monsieur le commissaire, puisque j'ai très bien distingué son visage. Je pourrais le reconnaître au besoin.

— Et, après avoir passé devant vous, il a continué son chemin, dans la direction de l'avenue de Wagram, sans doute ?

— Non, monsieur, il est revenu tout à coup sur ses pas pour redescendre le boulevard de Courcelles. Il marchait sur le trottoir qui fait face à la grille du parc. Cela me paraissait drôle de le voir gesticuler et je l'ai suivi un instant des yeux.

Une autre déposition vint confirmer la précédente et lui donner plus de force. Ce fut celle du propriétaire de cet établissement, situé rue de Monceau en face de la grille de l'avenue Ruysdaël, et qui est à la fois un débit de tabac, un débit de vins et un café orné de trois billards.

Ce témoin déposa que vers six heures du soir envi
ron, un homme d'une cinquantaine d'années, assez
grand, mis simplement, mais d'une façon conve-
nable, était venu s'asseoir dans un coin du café.
Il paraissait très ému, très agité, et il avait demandé un bitter et de quoi écrire.

— Est-ce qu'il a écrit une lettre ? demanda le
commissaire.

— Oui, monsieur, et il a envoyé un de mes gar-
çons la porter.

— Où ?

— Ici, monsieur, dans cet hôtel.

— Comment ! La lettre était adressée à un des
habitants de l'hôtel ?

— Au prince Lavisine lui-même, monsieur.
J'ai regardé l'enveloppe avant de permettre à mon
garçon de sortir. Je ne voulais pas qu'il s'absentât
trop longtemps.

— Et, après avoir fait cette course, votre garçon
est immédiatement revenu ?

— Non, il a attendu la réponse quelques minutes. C'était bien inutile : le prince a fait dire : « Il
n'y a pas de réponse ; qu'on me laisse tranquille. »

— On a répété ces paroles à votre client ?

— Oui, monsieur le commissaire.

— Est-il resté quelque temps encore chez vous ?

— Une bonne demi-heure. Il avait l'air très agité, il parlait tout seul.

— Pourriez-vous dire quelle direction il a prise en sortant ?

— Non, monsieur. J'étais descendu dans ma cave.

— Personne ne l'a vu sortir ?

— Personne. J'ai interrogé mon garçon, la dame de comptoir et plusieurs clients.

— Pendant qu'il était assis dans votre café, vous n'avez été appelé à faire aucune autre remarque ?

— Non, monsieur, je ne crois pas.

— Vous ne vous êtes pas aperçu, par exemple, qu'une de ses poches fût plus grosse que les autres, qu'elle contînt un objet volumineux, lourd ?

— Attendez donc... Oui, il me semble que la poche de son pardessus était toute gonflée... Il y portait souvent la main.

— Vous êtes sûr ?

— Oui, monsieur, oui, je suis sûr maintenant.

Après avoir congédié ce témoin, le commissaire de police parcourut les notes qu'il avait dictées à son secrétaire pendant chaque interrogatoire.

Elles le confirmèrent dans l'idée que les diverses dépositions recueillies jusqu'alors s'accordaient à merveille. Elles ne différaient que sur deux points : un collet d'habit relevé ou baissé, et une question de taille : pour ceux-ci, l'inconnu était très grand, pour les autres, seulement assez grand... simple affaire d'appréciation. Tout le reste se rapportait au même individu, qu'on pouvait suivre pas à pas depuis son arrivée dans le quartier jusqu'à sa fuite :

Il entre vers six heures dans le café situé à l'entrée de la rue Murillo. Il écrit une lettre, la fait porter au prince Lavisine et attend fiévreusement sa réponse. Cette réponse est défavorable. Son agitation, déjà remarquée, augmente. La colère le prend. Il se décide sans doute à mettre à exécution le projet depuis longtemps formé.

Il quitte le café, prend l'avenue Ruysdaël, entre dans le parc à sept heures moins cinq et passe devant le premier gardien qui le remarque.

C'est l'heure où l'on va fermer les portes, le jardin est désert, personne ne le suit, personne ne le voit, et il arrive devant cette partie de l'hôtel La-visine qui donne sur le parc.

Aussitôt il traverse rapidement la petite pelouse qui le sépare du jardinet, monte sur le soubasse-ment du mur, aperçoit le prince assis devant son bureau, le visage éclairé par une lampe. Sans hé-siter, il saisit le projectile qu'il portait sur lui et le lance violemment.

Le crime consommé, il prend la fuite, essaye de sortir par la rue Rembrandt, trouve la porte fer-mée, arrive à l'avenue Van-Dyck, passe devant la marchande de jouets d'enfants, traverse la chaussée dans l'intention sans doute de gagner le faubourg, coudoie le contrôleur d'omnibus, puis, changeant d'itinéraire, pour une raison quelconque, peut-être parce qu'il espère être mieux caché dans l'intérieur de Paris, il gagne le boulevard de Courcelles et dis-paraît.

Tout cela parut très clair au commissaire de police. Mais quel était cet individu? Quel était le meurtrier? Sa lettre écrite au prince Lavisine per-mettrait peut-être de résoudre cette question.

IX

— Ne vous a-t-on pas remis, aujourd'hui, vers six heures et demie, pour votre maître, une lettre pressée? demanda le commissaire au suisse de l'hôtel qu'il avait fait appeler.

— Oui, monsieur. Cette lettre avait été apportée par le garçon d'un café voisin.

— A qui l'avez-vous donnée?

— Au valet de chambre du prince.

— Dites-lui de se rendre ici.

Quelques secondes s'écoulèrent, puis le valet de chambre s'étant présenté, le commissaire lui adressa cette question :

— Avez-vous remis immédiatement à votre maître la lettre que le concierge vous a confiée dans l'après-midi?

— Oui, monsieur, immédiatement.

— Où se trouvait alors le prince?

— Ici, monsieur, dans son cabinet.

— Il a lu cette lettre devant vous?

— Il l'a parcourue seulement après avoir regardé la signature.

— Et qu'en a-t-il fait?

— Il l'a froissée dans ses mains et jetée dans une corbeille placée près du bureau, mais que je n'aperçois plus.

— Vous la trouverez sous quelque meuble. Tout a été bouleversé ici.

En effet, bientôt le valet de chambre découvrit, dans un coin du cabinet, la corbeille aplatie, défoncée et en morceaux. Elle ne contenait plus rien, et le commissaire était fort désappointé, lorsque Corbin, l'inspecteur de police, qui cherchait de son côté, lui présenta un papier froissé, trouvé sous le bureau.

— C'est bien la lettre que j'ai remise au prince, affirma le domestique. Je reconnais le papier, du gros papier à lettre.

Dans le cas de flagrant délit, la loi ou les usages donnent aux commissaires de police les pouvoirs

les plus étendus. Aussi M. X... n'hésita-t-il pas
à lire cette lettre qui pouvait l'éclairer. Elle était
conçue en ces termes :

    « Prince,

    « Je sors de chez votre huissier. Je l'ai sup-
« plié en vain. Il m'a dit avoir des ordres pré-
« cis... C'est demain matin qu'il doit me chasser
« de votre maison et vendre mes meubles... Je
« vous demande en grâce de m'accorder encore un
« délai... Si je ne vous paye pas, ce n'est pas ma
« faute, je vous le jure. Depuis quelque temps, je ne
« trouve pas à travailler... Mais j'ai fait une inven-
« tion superbe qui peut rendre de grands services
« à la science et m'enrichir d'un seul coup... Que
« voulez-vous que je devienne si vous me jetez
« ainsi à la porte ?... Ce n'est pas pour moi que je
« vous implore, c'est pour ma fille que j'aime tant...
« Je suis capable de tout pour la sauver... Monsieur,
« monsieur, ayez pitié... Que peuvent vous faire
« quelques centaines de francs, à vous qui êtes si ri-
« che ?... Mais ce n'est pas cela... Vous m'en voulez
« parce que je vous ai autrefois menacé... Je ne me-
« nace plus... J'attends votre réponse avec con-
« fiance... Ne me désespérez pas, ne me poussez

« pas à quelque extrémité... Encore une fois, je
« vous supplie pour elle.

« BÉRARD,
« 40, boulevard de Courcelles. »

La lecture de cette lettre acheva d'édifier le commissaire de police. Par dureté de caractère, ou pour
punir peut-être comme l'indiquait la lettre, des in-
solences et des menaces, le prince Lavisine s'était
montré intraitable vis-à-vis d'un de ses locataires,
et celui-ci, après avoir fait une dernière tentative,
repoussé, désespéré, affolé, s'était vengé.

Une seule question embarrassait encore assez
sérieusement le magistrat. Pourquoi? Par suite de
quelle bizarrerie, le meurtrier, pour commettre son
crime, avait-il choisi une bombe de dynamite?
Cette arme terrible n'avait guère, jusqu'à ce jour,
servi qu'à commettre des crimes politiques, à frapper un empereur ou un roi. C'était l'arme préférée
d'un parti, d'une secte; ce n'était pas l'arme cou-
rante des assassins privés.

Mais ces réflexions qui lui traversaient l'esprit
ne l'empêchaient pas de donner des ordres pour
l'arrestation immédiate de l'assassin, si toutefois, au

lieu de prendre la fuite, comme on pouvait le craindre, il était retourné chez lui.

Il libella un mandat d'amener, et le remit à l'inspecteur de police Corbin, en lui recommandant d'agir avec le plus de modération possible. Ce conseil fit sourire Corbin ; il le trouvait inutile, car il affirmait qu'un bon agent de police, pour arrêter un malfaiteur, ne doit avoir recours qu'à la persuasion.

X

L'inspecteur principal, accompagné de ses deux brigadiers, arriva bientôt devant le numéro 40 du boulevard de Courcelles. Il traversa le boulevard, et, appuyé contre la grille du parc Monceau, examina la maison.

Sans façade sur le boulevard, au fond d'une

petite cour, elle n'était élevée que de deux étages surmontés d'un toit très bas. Par son exiguïté, sa vétusté, elle faisait tache au milieu des maisons à cinq étages nouvellement construites dans le quartier. Le prince Lavisine l'avait évidemment achetée pour la démolir à l'expiration d'un bail, et construire à la place quelque bel hôtel.

Ces remarques faites, Corbin laissa ses brigadiers en observation, et, traversant de nouveau la chaussée, entra dans un débit de tabac situé près de la porte cochère, à côté d'une petite épicerie.

Après avoir choisi des cigares à dix centimes, il ne se refusait rien quand il était en mission, il lia conversation avec la débitante de tabac qui paraissait d'humeur enjouée.

— Pourriez-vous, madame, lui dit-il, me donner l'adresse exacte d'un monsieur qui doit demeurer près d'ici? J'ai une commission à lui faire et je ne sais pas son numéro.

— Est-ce que vous ne savez pas non plus son nom? lui demanda la débitante en riant.

— Oh! si. Il s'appelle Bérard.

— Eh bien, vous ne pouviez pas mieux tomber...
M. Bérard demeure justement dans la maison, au

fond de la cour, au second étage, porte à droite.

— Vraiment ! Quelle chance j'ai eue de m'adresser à vous ! Moi qui trime depuis une heure dans le quartier... Mais j'y songe... Vous connaissez le proverbe ?

— Quel proverbe ?

— Il y a plus d'un âne à la foire qui s'appelle...

— Martin, acheva gracieusement la débitante.

— C'est cela ; vous y êtes.

— Eh bien ?

— Eh bien ! s'il s'agissait d'un autre Bérard... Vous concevez, il est dix heures du soir, je ne voudrais pas me tromper, déranger un inconnu.

— Alors, dites-moi comment il est votre Bérard, et je vous dirai si c'est le mien.

— Il peut avoir une cinquantaine d'années, fit Corbin.

— Après ?

— Il a une bonne tenue, un bon visage.

— Est-il grand ou petit ?

— Très grand, suivant les uns, grand suivant les autres. Enfin, il est plutôt grand que petit.

— Eh bien, c'est votre homme.

— Vous croyez ?

— Dame ! oui. C'est tout son portrait. Du reste, il y a quelque chose qui peut vous fixer... A-t-il des enfants ?

— Oui, il a une fille.

— C'est cela... Une fille si jolie que nous l'avons surnommée dans la maison et dans le voisinage : Reine de beauté.

— C'est probablement mon Bérard... Croyez-vous qu'il soit chez lui en ce moment ?

— A dix heures du soir, parbleu !... Je l'ai vu passer devant ma porte un peu après sept heures. Il rentrait, et je vous réponds qu'il n'est pas ressorti.

— Il se sera peut-être couché... Je vais le déranger.

— Oh ! non. Il ne se couche pas de bonne heure, comme nous autres. Il travaille une partie de la nuit.

— Vraiment ? Qu'est-ce qu'il fait donc ?

— Ce qu'il fait ? Je n'en sais trop rien, moi. C'est un savant, m'a-t-on dit, un ingénieur, un ancien... Comment dit-on cela ?... Ah ! j'y suis... un ancien élève de l'École des mines.

— Ah ! des mines ?

— Oui... Il manipule, là-haut, un tas de choses, il fait des expériences, même qu'il nous effraye dans la maison.

— Il vous effraye ?

— Nous avons peur de sauter... Croiriez-vous qu'il est venu demander, l'autre jour, au marchand de vin d'à côté de lui procurer de l'esprit de bois.

— Pourquoi faire ?

— Pour mêler, disait-il, à la... à la... un drôle de nom... A la... nitro... nitro-glycérine, j'y suis... et la rendre moins dangereuse.

— Tiens, tiens!... Décidément, vous avez raison... C'est bien mon homme... Il n'y a plus à s'y tromper. Je puis monter chez lui en toute confiance... Au second, à droite ? Je vous remercie, madame.

Il rejoignit les deux brigadiers, leur recommanda de se procurer une voiture, de l'attendre devant la porte et d'arrêter toute personne qui essayerait de fuir. Puis, les mains dans les poches, aussi tranquille que s'il ne courait aucun risque, il se fit ouvrir la porte cochère, traversa la petite cour et gravit l'escalier.

XI

Arrivé au second étage, il se dirigea vers la porte de droite et sonna. Quelques secondes s'écoulèrent, un bruit de pas se fit entendre et on vint lui ouvrir.

— M. Bérard ? demanda-t-il en mettant la main à son chapeau.

— C'est moi, monsieur, que me voulez-vous ?

— Vous entretenir d'une affaire qui vous occupe beaucoup en ce moment. Je vous demande pardon de venir si tard, mais je suis très occupé dans la journée.

— Entrez, monsieur, dit Bérard. Mais, ajouta-t-il en éteignant sa voix, je vous serais obligé de faire le moins de bruit possible, ma fille un peu fatiguée, s'est couchée de bonne heure et je crois qu'elle dort.

4

— Soyez tranquille, monsieur, répondit Corbin
en souriant, j'ai l'habitude de marcher sans qu'on
m'entende.

Bérard le précéda dans une petite pièce qui devait servir à la fois de salon, de salle à manger et
de cabinet de travail. Le plus grand désordre semblait y régner en ce moment. On voyait épars çà et
là sur les chaises, sur les tables, des vêtements,
des livres, des papiers.

« Un déménagement ! se dit l'inspecteur de po-
« lice. Il allait décamper ; j'arrive à temps. »

Cependant Bérard n'avait pas l'air inquiet. Il
paraissait seulement curieux de savoir ce qu'on lui
voulait. Il débarrassa des objets qui l'encombraient
un vieux fauteuil recouvert de reps rouge, l'offrit à
son hôte et, debout devant lui, appuyé contre la
cheminée, où se consumaient lentement, au milieu
d'un petit feu de coke, des papiers qu'on venait
d'y jeter :

— C'est sans doute, dit-il, de ma nouvelle invention que vous voulez m'entretenir ?

— Non, monsieur, fit Corbin toujours gracieux.
Elle m'intéresse beaucoup, votre invention. Nous
pourrons en causer plus tard. Mais, pour le mo-

ment, c'est du prince Lavisine que je voudrais vous parler.

— Le prince Lavisine ! fit Bérard, qui ne put réprimer un brusque mouvement de surprise.

— Le prince lui-même. Ne lui avez-vous pas écrit dans la journée ?

— Oui. Ehb ien ?

— Il a fait d'abord à votre lettre une réponse défavorable ; maintenant il se ravise.

— Il se ravise !... C'est impossible.

— Pourquoi donc ? Est-ce que vous croyez qu'il ne peut plus se raviser ?

— Non, mais...

— Mais quoi ?

— Rien.

— Enfin, il consent à vous voir, à vous entendre, et si vous voulez être assez aimable pour me suivre.

— Ce soir, si tard !... Non, je ne laisserai pas ma fille seule... Le quartier n'est pas assez sûr.

— Vous trouvez ? Eh bien, venez vous plaindre au commissaire de police, je vais vous mener auprès de lui, si vous le permettez... Il vous attend.

— Il m'attend?

— Oui, et comme je suis pressé, je vais vous dire pourquoi il vous attend.

— Pourquoi?

— La lettre que vous avez écrite, dans l'après-midi, au prince Lavisine, contenait des menaces, et le prince a cru devoir la communiquer au commissaire de police, qui désire vous voir... Allons, cher monsieur, veuillez vous décider à me suivre. Je suis inspecteur de la sûreté. Si vous en doutez, voici ma carte.

— Ah mon Dieu! fit Bérard.

Puis, marchant vers Corbin, il ajouta:

— Mais je ne l'ai pas menacé. Au contraire, je lui disais : « Je ne vous menace plus. »

— Donc, vous l'aviez menacé autrefois... Il ne veut pas que ça recommence... Je vous en prie, ne faisons pas attendre le commissaire, il est très impatient... Mettez votre chapeau, votre pardessus et venez.

Bérard paraissait abattu, consterné, sans force pour se défendre, pour résister.

— C'est bien, c'est bien, finit-il par dire... Je viens... Mais n'élevez pas la voix, ne faites pas de bruit, je vous en prie, à cause de ma fille... Il ne faut pas qu'elle sache...

— Elle ne se doutera de rien.

En homme prudent qui pense à tout, il profita du moment où Bérard cherchait son chapeau, pour prendre une pincette et retirer du feu des papiers que le coke n'avait pas encore entièrement consumés.

— Me voici, dit Bérard, après s'être approché de la chambre de sa fille.

— Veuillez sortir le premier, fit Corbin.

Bérard obéit, ferma la porte de l'appartement, prit la clef et descendit l'escalier.

L'inspecteur le suivait, les mains dans ses poches, en se disant d'un air satisfait : « La persuasion, toujours la persuasion... Il n'y a que cela... Elle remplace les menottes et les ligottes. »

Devant la porte cochère, Corbin trouva ses deux brigadiers qui l'attendaient avec une voiture qu'ils venaient de réquisitionner.

Deux minutes suffirent pour arriver rue Murillo devant l'hôtel Lavisine.

— Pourquoi tout ce monde? demanda Bérard étonné de voir dans cette rue tranquille une foule

4.

compacte difficilement contenue par les gardiens
de la paix.

— Un feu de cheminée sans doute, répondit Corbin. Les Parisiens sont si badauds.

Sous le vestibule de l'hôtel, il confia son prisonnier aux agents de la sûreté, puis il se rendit auprès
du commissaire de police pour lui rendre compte de
sa mission.

— Je crois, dit-il, en terminant, que cet individu
donnera du fil à retordre à la justice... C'est un
rude lapin... Il est nerveux, agité; on dirait qu'il
va s'emballer, et il ne se livre pas.

— C'est bien ; faites-le entrer dans le petit salon
voisin de ce cabinet et réunissez, pour que je les
confronte avec lui, les témoins précédemment
interrogés. Je leur ai recommandé de ne pas s'éloigner. Vous les trouverez facilement.

Suivi de son secrétaire, il se transporta dans la
pièce dont il avait parlé, et, bientôt, il interrogeait
le prévenu.

— Vous avez, lui dit-il, fait des menaces au
prince Lavisine. Pourquoi ?

— Parce que, répondit Bérard, j'étais pauvre,
malheureux, et qu'il se montrait impitoyable... Mais

ma lettre d'aujourd'hui, comme je l'ai déjà fait observer, ne contenait aucune menace.

— Permettez... Voici la lettre. Elle se termine
par ses mots : « Je me porterai à quelque extrémité. » Qu'entendez-vous par-là ?

— Je ne sais pas... J'ai écrit cela en l'air. Je
songeais au suicide, sans doute.

— Au suicide ! N'avez-vous pas une fille ?

— Oui, monsieur.

— Vous parlez d'elle dans votre lettre et vous
dites l'aimer.

— Sans doute... Je l'aime de toute mon âme.

— Et vous songiez à vous tuer. Que serait-elle
devenue ?

— Elle serait morte avec moi.

Le commissaire le regarda et lui dit :

— Vous paraissez bien exalté en ce moment. Je
n'en vois pas le motif.

— Ah! vraiment! Vous n'en voyez pas le motif?
répondit Bérard, dont l'exaltation augmenta. Moi,
je le vois... Comment pourrais-je conserver mon
sang-froid, être maître de mon indignation ?...
Voici un homme riche à millions... Il ne sait que
faire de sa fortune ; il demeure dans un palais... et

moi, un pauvre diable de travailleur, un bien brave
homme au fond, monsieur, je vous assure, malgré
mon caractère irascible par instants... irascible parce
que j'ai beaucoup souffert... je le supplie de me
laisser vivre en paix, quelque temps encore, dans
le modeste logement qu'il m'a loué, de ne pas vendre
mes derniers meubles, tous les vieux souvenirs d'une
existence autrefois plus heureuse, les fauteuils, le
canapé où s'étendait ma pauvre femme dans la
longue maladie qui me l'a enlevée... eh bien, non;
il refuse, il ordonne à l'huissier de vendre, il lui
ordonne de me chasser! Et ce n'est pas assez... cela
ne lui suffit pas... Parce que dans ma lettre, écrite
avec la fièvre, j'ai laissé échapper une phrase sans
importance... car, vous avez raison, monsieur, on ne
se tue pas lorsqu'on a une fille... On le dit, on l'écrit,
on ne le fait pas... A cause de cette phrase qu'il interprète mal... oui mal... ce n'est pas lui que je menace, c'est moi... il vous appelle, il me dénonce, il
me fait traîner devant vous... Eh bien, monsieur,
c'est une mauvaise action, une action indigne... Je
ne voudrais pas l'avoir commise; vous le lui direz.
Il me dépouillera demain, il me chassera de sa
maison... Je serai bien misérable, mais je préfère

encore m'appeler Bérard que le prince Lavisine.

Le commissaire de police, habitué à toutes les hypocrisies, à toutes les roueries des prévenus, des accusés défendant pied à pied leur liberté, leur vie, ne pouvait s'empêcher de concevoir quelques doutes sur la culpabilité de Bérard, depuis qu'il le regardait, qu'il l'entendait parler. Il lui semblait, par instants, qu'il n'avait ni la voix, ni le geste, ni le visage d'un criminel.

— Je suis parvenu à rassembler tous les témoins pour la confrontation, vint lui dire à l'oreille l'inspecteur Corbin.

— Faites-les entrer l'un après l'autre dans l'ordre indiqué sur ce papier, ordonna M. X...

Il se rappelait les preuves accablantes réunies déjà contre le prévenu, se repentait de ses hésitations et voulait s'affermir au plus vite dans ses premières idées.

Le maître du café où Bérard avait écrit sa lettre au prince Lavisine le reconnut aussitôt sans hésiter.

— Mais, demanda Bérard étonné, jetant autour de lui des regards inquiets, pourquoi me met-on en face de monsieur pour qu'il me reconnaisse? Je n'essaye pas de cacher que j'ai passé plus d'une heure chez lui aujourd'hui, et que j'y ai écrit une lettre.

Sans répondre à cette observation, le commissaire de police lui dit brusquement :

— Quel objet volumineux portiez-vous donc, dans la poche de votre pardessus ?

— Dans ma poche ? Je ne sais plus... un livre peut-être. Quand je sors, j'emporte quelque volume pour lire en marchant.

Au maître du café succéda le conducteur d'omnibus.

— C'est bien lui ! s'écria-t-il dès qu'il fut mis en présence de Bérard.

— Où m'avez-vous vu ? demanda celui-ci.

— Sur le boulevard de Courcelles, devant le numéro 98. Vous marchiez très vite. Vous étiez agité. Vous parliez en marchant.

— C'est possible... J'étais en colère, fort irrité contre le prince et souvent il m'arrive, dans ces moments-là, de parler tout seul.

— Est-ce que vous rentriez chez vous ?

— Oui, monsieur.

— Alors, pourquoi remontiez-vous le boulevard,

dans une direction opposée à celle de votre demeure ?

— Ah ! Vous croyez que... En effet, je me souviens... J'étais tellement préoccupé que je ne fai-
sais pas attention à mon chemin... Mais je me suis
aperçu de mon erreur et je suis revenu sur mes
pas... Ne m'avez-vous pas vu revenir ? ajouta-t-il
en se tournant vers le témoin.

— Oui, et je l'ai déclaré.

Alors on interrogea les gardiens du parc et la
marchande de jouets de l'avenue Van-Dyck.

Ils furent moins affirmatifs que ne l'avaient été
les témoins précédents sur la question de ressem-
blance. « Nous croyons bien que c'est lui, disaient-
ils en regardant Bérard... Cependant, la personne
qui a passé devant nous paraissait un peu plus
grande. »

Un instant, le commissaire de police se demanda
si, en croyant ne suivre qu'une piste, il n'en suivait pas deux, s'il ne se trouvait pas en présence
de deux personnes bien distinctes : la première
arrive dans un café, écrit une lettre, en attend la
réponse, puis, vers sept heures, regagne sa demeure. La seconde n'apparaît qu'à sept heures

moins cinq, entre directement dans le parc par l'avenue Ruysdaël, se dirige vivement vers l'hôtel Lavisine, lance la bombe de dynamite, essaye de sortir par la grille de la rue Rembrandt, la trouve fermée, gagne l'avenue Van-Dyck encore ouverte et disparaît dans une direction inconnue.

— Mais enfin, monsieur, de quoi m'accuse-t-on ? s'écria tout à coup Bérard.

— Vous ai-je dit qu'on vous accusait de quelque chose ? répondit le commissaire.

— Non. Mais je n'ai pas mis les pieds aujourd'hui dans le parc Monceau. Pourquoi demander à ces gardiens, à cette femme s'ils m'y ont vu ?

— Vous allez le savoir, dit le commissaire en se levant... Entrez chez le prince, je vais vous mettre en sa présence.

— Non, non, je ne veux pas, je ne veux pas ! s'écria Bérard très ému.

— Pourquoi donc ?

Il hésita et répondit :

— Parce qu'il s'est trop mal conduit envers moi... Je ne pourrais pas m'empêcher de lui dire son fait... C'est inutile... Je ne veux pas, je ne veux pas !

— Il le faut cependant... Entrez, fit le commissaire d'une voix très ferme en ouvrant la porte qui communiquait avec le cabinet où se trouvait toujours le cadavre du prince.

Bérard fit encore quelque résistance. Puis il entra, précédé par le commissaire, suivi par les agents de la sûreté.

XII

Sur l'ordre du commissaire de police, on avait apporté, depuis un instant, des candélabres allumés. Près du cadavre, toujours étendu dans le sang, était placée une de ces lampes à réflecteur qui projettent leurs rayons sur le point qu'on veut mettre en lumière.

Bérard embrassa d'abord d'un coup d'œil ce cabinet en désordre, bouleversé, tous ces meubles

5

brisés, jetés çà et là, puis son regard se porta sur le cadavre. Il jeta un cri et recula.

— Avancez-donc, fit Corbin.

— Non, non, balbutiait-il en reculant toujours... Pourquoi me conduire ici?... Pourquoi me faire marcher au milieu de ce sang?... Quel est donc ce cadavre?

— Regardez-le de plus près, reprit l'inspecteur en le forçant à s'avancer, vous le reconnaîtrez.

— Je ne puis pas le reconnaître, il n'a plus de visage !

Alors le commissaire de police le rejoignit, et lui dit :

— C'est le prince Lavisine... le prince Lavisine que vous avez tué.

— Moi!... Moi!... Moi!...

— Oui vous ! Avouez donc... Tout vous accable : votre émotion, votre épouvante en face de votre victime... vos menaces souvent répétées... votre lettre d'aujourd'hui... la fuite que vous méditiez, et surtout, surtout vos études sur la dynamite, toutes vos expériences... Car c'est une bombe de dynamite, vous le savez bien, qui a été lancée dans ce cabinet, et qui a foudroyé le prince... Avouez...

je vous conseille d'avouer, dans votre propre intérêt... On aura certainement de l'indulgence pour
vous... On dira que vous étiez irrité par trop de
dureté, affolé par la misère... Avouez, repentez-
vous, c'est le seul moyen de sauver votre tête.

— Je n'avouerai pas, dit Bérard en se redressant
et d'une voix forte, vibrante. Je n'ai pas commis
ce crime... C'est une infamie que de m'en accuser.
Je n'avouerai jamais!... Faites de moi ce que vous
voudrez... J'étais déjà si malheureux que je ne
crains pas de le devenir davantage.

Cette résignation fut de courte durée, une
idée jaillit tout à coup de son esprit troublé, et il
cria :

— Ma fille, ma fille!... Que va-t-elle devenir?

Ce cri fut si déchirant, que le commissaire de
police lui-même se sentit profondément remué.
Dans l'espérance d'obtenir des aveux, de les provoquer, il avait feint de croire que Bérard s'était
trahi. Mais sa conscience ne lui permettait pas de
s'arrêter à cette pensée. Il ne pouvait voir une
preuve de culpabilité dans l'émotion du prévenu. Il
savait qu'un innocent à qui l'on montre brusquement, brutalement, le cadavre sanglant, mutilé,

d'une personne qu'il a connue, n'est pas maître de son effroi. Ce sont les coupables qui, la plupart du temps, conservent leur sang-froid à la vue de leur victime, et jouent en profonds comédiens la scène de l'étonnement ou de l'indifférence. La justice, fidèle à de vieux usages, attache une grande importance à ces confrontations, les ordonne aux magistrats, et il avait simplement rempli son devoir, comme il allait encore le remplir en pratiquant une perquisition au domicile du prévenu.

Il prit à part l'inspecteur Corbin, lui dit son intention de se transporter immédiatement boulevard de Courcelles, 40 et lui ordonna d'y conduire Bérard.

— Vous me conduisez en prison? demanda le prévenu dès qu'il se retrouva en voiture.

— Nullement, fit Corbin toujours doucereux, nous allons chez vous.

— Pourquoi faire?

— Pour une petite formalité indispensable, une visite domiciliaire. Et, se rappelant les craintes de Bérard au sujet de sa fille, il ajouta : Rassurez-vous, cher monsieur, nous ne ferons pas plus de bruit que je n'en ai fait tout à l'heure.

Son prisonnier ne lui répondit pas : il s'était blotti dans un coin de la voiture, et farouche, l'œil sec, le regard fixe, il semblait réfléchir profondément. Il se disait sans doute, qu'un concours inouï de circonstances l'accablait, qu'il était perdu. Et il cherchait comment il pourrait se défendre, quelles paroles il fallait dire, quels témoignages il fallait invoquer pour se tirer de la situation où il se trouvait, pour recouvrer sa liberté, pour sauver sa tête.

Au moment où la voiture qui contenait Bérard, Corbin et deux agents de la sûreté s'arrêta devant le n° 40 du boulevard de Courcelles, un coupé la rejoignit. Le commissaire de police et son secrétaire en descendirent.

On sonna. Le commissaire déclina ses nom et qualité à la concierge, qui protestait contre cette invasion nocturne dans sa maison, et monta l'escalier.

Bérard silencieux, très abattu, introduisit lui-même dans son appartement les personnes dont il lui fallait subir la visite.

XIII

Après avoir constaté, comme l'inspecteur Corbin, les préparatifs du départ faits par le prévenu, M. X... voulut jeter un coup d'œil sur les manuscrits et les livres dont une malle était remplie. Bérard lui présenta divers cahiers et plusieurs volumes.

— Des études de chimie, fit le commissaire après avoir lu quelques titres.

— N'est-il pas naturel, monsieur, fit observer Bérard d'une voix qu'il essayait en vain d'affermir, que ces livres soient en ma possession ? Je suis un ancien élève de l'École des mines.

— Sans place, sans position aujourd'hui ?

— Aujourd'hui, oui, monsieur, mais j'ai été long-temps attaché au ministère des travaux publics.

— Pourquoi ne l'êtes-vous plus ?

Bérard hésita, puis finit par répondre :

— A la suite d'une discussion avec un ingénieur en chef, j'ai été obligé de donner ma démission.

— Prenez note de cette déclaration, fit le magistrat en s'adressant à son secrétaire. Elle établit la violence du caractère de l'inculpé.

Bérard ne répondit pas.

— Dans votre lettre au prince, reprit M. X..., vous parlez d'une invention qui doit vous enrichir... De quelle invention s'agit-il ?

Bérard n'avait sans doute pas prévu cette question ; il devint encore plus pâle.

— Voyons, répondez, dit le magistrat en insistant. Ces longues hésitations vous nuisent... Vous ne voulez pas... Je vais vous aider... Ne s'agissait-il pas d'un produit chimique nouveau dont je vois le nom inscrit en tête de ces feuillets ? La *panclas-tique*, nom tiré de deux mots grecs qui signifient : brise tout. Vous le dites vous-même... Tenez.

Bérard oublia un instant sa situation. L'inventeur reparut.

— Oui, monsieur, répondit-il, et sa voix s'animait ; c'est un produit extraordinaire que j'ai composé, inventé dans ces derniers temps... Il peut rendre à la science des services considérables, pour creuser les mines, pour percer les montagnes, abattre tous les obstacles... Il est dix fois plus brisant, plus explosible que la dynamite.

Tout à coup, il s'arrêta tremblant, éperdu. Il comprenait qu'il venait de donner de nouvelles armes contre lui.

En effet, le commissaire de police lui disait :

— Et vous persistez à nier ?... Réfléchissez donc... Tout établit que, violent, irascible comme vous l'êtes, fou de colère, décidé à vous venger du prince, vous avez fait sur lui l'expérience de votre nouveau et terrible produit.

— Non ! non ! non ! cria de nouveau Bérard, en oubliant que sa fille pouvait l'entendre.

Corbin venait de s'approcher du commissaire.

— Vous plairait-il, monsieur, lui dit-il à voix basse, de jeter un coup d'œil sur ce papier que j'ai retiré du feu, il y a deux heures ? Je viens de le ramasser, il pourrait être intéressant.

— Donnez.

C'était le brouillon d'une lettre, écrite entièrement de la main de Bérard, comme on pouvait s'en rendre compte si l'on mettait ce brouillon à côté de tous les manuscrits épars dans le salon. La flamme avait effacé quelques mots, mais il était facile de les rétablir et bientôt le commissaire de police lut couramment ce qui suit :

« Vous avez tort de ne point me ménager da-
« vantage... Vous ne savez pas de quelle puis-
« sance je dispose, quelle force la science met à
« mon service... Si je voulais, je pourrais d'un
« seul coup anéantir, réduire en cendres toutes les
« maisons que vous possédez, votre hôtel, vos pa-
« lais en Russie, et faire sauter vos mines qui
« vous rapportent des millions... Ah ! vous devriez
« compter avec un homme comme moi et ne pas
« me traiter en ennemi. »

— Je comprends que vous ayez eu l'idée de brûler ce papier, dit le magistrat sa lecture terminée. C'est, sans doute, le brouillon d'une lettre que vous avez écrite au prince Lavisine ?

— Oui, murmura Bérard

— Vous avez envoyé cette lettre ?

— Il y a deux mois, oui.

— Elle contenait, en effet, les menaces auxquelles vous faisiez allusion dans votre lettre d'aujourd'hui... Et vous avez été surpris que le prince

5.

se soit montré sévère à votre égard, qu'il ait voulu
vous chasser de sa maison... Vous auriez dû vous
étonner, au contraire, qu'il ne m'ait pas autrefois
communiqué cette lettre... Il a dédaigné vos menaces ; ce dédain lui coûte la vie... Allons, cette
dernière preuve me suffit... Mes constatations sont
terminées.

Au moment où il prononçait ces mots, une des
portes du salon s'ouvrit, et Jeanne Bérard parut.

XIV

Jeanne Bérard méritait son surnom de « Reine de
Beauté ». Grande, déjà formée, le corsage plein, les
hanches accusées, elle avait toutes les rondeurs, tous
les contours exquis de la femme bien faite, arrivée
à son complet développement. Seule, la tête admi-
rable placée sur ce beau corps disait que Jeanne

n'était toujours qu'une jeune fille, nouvelle à la vie, dans toute sa fraîcheur et son innocence. Des cheveux blonds, d'un blond chaud doré, encadraient son visage d'ordinaire un peu pâle, mais que le sang colorait à la moindre émotion. Elle avait le front élevé, le nez grec, d'une grande pureté de ligne, des yeux bleu foncé très allongés, avec de longs cils, un regard vague, un peu rêveur, d'une douceur infinie et des lèvres merveilleuses de couleur, de forme et d'expression.

Réveillée en sursaut par le bruit des voix, étonnée, inquiète, elle avait sauté brusquement de son lit, revêtu à la hâte un long peignoir en laine blanche et ouvert la porte du salon.

Elle s'arrêta rougissante, effarouchée, en voyant tout ce monde, et fut sur le point de se retirer. Mais son père lui apparut pâle, tremblant, défait, et sans plus s'occuper des gens qui étaient là, elle courut à lui et, prenant ses mains :

—Qu'y a-t-il?... Qu'as-tu donc?... Qu'arrive-t-il? demanda-t-elle vivement.

Il ne répondit pas. Il n'osait pas. Il ne pouvait pas.

Alors elle se tourna vers tous ces inconnus.

Ils gardèrent le silence.

— Ah! je veux savoir, je veux savoir! s'écria-t-elle.

En même temps, tout à coup, l'expression de douceur répandue sur son visage disparut; son regard s'éclaira, ses dents brillèrent sous ses lèvres relevées. La jeune fille s'évanouit pour faire place à la femme énergique, ardente à vouloir.

Le commissaire de police, ému malgré lui, sous le charme de cette grande beauté, ne voulant pas porter un coup trop cruel à celle qui l'interrogeait, mais tourmenté aussi du désir de poursuivre son œuvre, d'apprendre par la fille à connaître le père, finit par dire :

— Mademoiselle, un grand événement est survenu aujourd'hui dans ce quartier et, en ma qualité de commissaire de police, j'ai dû me livrer à une enquête... Votre père pouvait me renseigner, je me suis présenté chez lui.

— De quel événement voulez-vous parler, monsieur ?

— Le prince Lavisine, le propriétaire de la maison que vous habitez, et que vous connaissez au moins de nom, vient d'être assassiné.

— Et on m'accuse de l'avoir tué! s'écria Bérard en se levant tout à coup, en prenant les mains de sa fille, en la regardant bien en face.

— Toi!... toi! fit-elle.

Puis, elle se tourna vers le commissaire de police, vers tous les hommes qui étaient là, et, la tête haute, superbe d'indignation :

— Mais c'est de la folie! dit-elle... Vous êtes fous, messieurs !... D'où peuvent venir de pareils soupçons?... Quels indices avez-vous recueillis pour vous permettre d'accuser mon père d'un crime?

Ce fut Bérard qui répondit. En se voyant défendre avec cette énergie son courage lui revenait :

— Ils m'accusent, dit-il, parce que... autrefois, dans un jour de fièvre... tu le sais bien, toi qui connais toutes mes actions, toutes mes pensées... j'ai menacé le prince Lavisine.

— Tu as eu tort, je te l'ai dit, reprit-elle d'une voix brève, mais de la menace à l'exécution, il y a loin... Après? Dis tout, toute la vérité sans rien cacher. Je veux tout savoir pour te mieux défendre.

— Je lui ai écrit encore aujourd'hui, continua Bérard. J'avais perdu la tête à l'idée que demain on

vendrait tous ces meubles aimés, et qu'il faudrait
quitter cette maison où est morte ta mère.

— Tu l'as encore menacé dans cette lettre ? demanda-t-elle.

— Non. Il n'était question que de moi... Je disais que je me porterais à quelque extrémité.

— Pourquoi ne m'as-tu pas parlé de cela ?

— Tu m'aurais blâmé.

— Oui, certes.

— Puis tu étais fatiguée par tous ces préparatifs
de départ, tu t'es retirée chez toi de bonne heure.

— C'est vrai... Mais, reprit-elle, ce ne sont pas
des preuves tout cela... Qu'y a-t-il encore ?

— Le prince est mort foudroyé par une bombe
de dynamite... et tu sais à quels travaux je me livre d'habitude.

— C'est tout ?

— C'est tout.

X V

Debout, près de son père, serrée contre lui et d'une voix que, par un grand effort de volonté, elle était parvenue à rendre calme, elle disait au commissaire de police :

— Monsieur, je ne sais pas ce que mon père a pu vous répondre. Indigné de l'accusation portée contre lui, il s'est peut-être fort mal défendu... Laissez-moi le défendre à mon tour, vous apprendre ce qu'il est, et tous vos soupçons disparaîtront.

— Parlez, mademoiselle. Le public se trompe quand il croit que nous avons mission de rechercher seulement des criminels. C'est la vérité que nous cherchons et nous sommes heureux de trouver des innocents.

— Eh bien, monsieur, reprit-elle en essayant de

sourire, vous êtes en face du plus grand innocent qui ait jamais existé... innocent du crime dont on l'accuse, innocent dans toutes ses actions, dans toute sa vie... Je le connais par ma pauvre mère qui le connaissait si bien, me parlait sans cesse de lui et me disait vers la fin de sa longue maladie : « Quand je ne serai plus là, aime-le, protège-le, gâte-le, ce père chéri... Il ne saurait se passer de tes soins, de ta sollicitude... Traite-le comme ton enfant. »

Elle s'arrêta, essuya une larme qui coulait de ses yeux et continua :

— Oui, un enfant... Je dis bien et ma mère disait bien... Un enfant avec toutes ses colères, ses emportements aussitôt apaisés par un sourire, une bonne parole, un baiser... Il a menacé le prince. Il me l'a dit, je l'ai grondé... et je l'ai vu pleurer à la pensée qu'on avait pu prendre ses menaces au sérieux... Pourquoi est-il ainsi à son âge violent et tendre à la fois, nerveux à l'excès? C'est qu'il a travaillé toute sa vie, travaillé d'imagination, de cœur, sans répit, sans repos, sans trêve... Il est toujours là, devant ce bureau, plongé dans ses livres, ses manuscrits, la tête courbée, le regard fébrile, cherchant, cherchant toujours, ne rêvant que nouvelles découvertes... Ce n'est pas la fortune qu'il voit comme résultat, comme récompense de son éternel labeur... La fortune, il n'y songe que le jour où je suis obligée de lui dire : « Père, il n'y a plus d'argent à la maison, et cependant il faut manger... » Ce n'est pas à la gloire ; il est trop modeste, d'habitudes trop simples, pour s'en inquiéter. Si vous saviez comme cela le gênerait d'être connu, illustre, montré au doigt... Non, il songe seulement aux progrès que peut faire la science, l'industrie, aux services qu'il peut rendre à tous... Et ces pensées qui le hantent sans cesse, ce travail continu augmentent son irritabilité nerveuse, le rendent parfois emporté, violent... Mais cela ne dure pas, monsieur, cela ne dure pas... Je sais aussitôt l'apaiser.

Elle passa un de ses bras autour du cou de son père, et, pressée contre lui, le caressant de son long regard :

— C'est que si je l'aime, si je le gâte, il me le rend bien... Il est pour moi d'une bonté dont vous n'avez pas idée... Toujours d'une douceur parfaite, jamais une colère, une vivacité. Il ne pourrait pas se fâcher contre sa fille adorée... C'est lui qui m'a élevée. Jamais je ne suis allée en pension, jamais je ne l'ai quitté... Il m'a tout appris, les lettres, les sciences... Il m'a fait passer mes examens de l'Hôtel-de-Ville... Je lui dois tout..... Quel dévouement de toutes les heures, de tous les instants !... S'il n'est pas riche aujourd'hui, c'est à cause de moi ; il m'a sacrifié sa position, son avenir... On voulait l'envoyer dernièrement dans la Guyane française diriger des mines importantes. On lui donnait vingt-cinq mille francs par an et un bénéfice dans l'affaire. Il a refusé, parce qu'il avait peur pour moi du climat de ces pays et qu'il ne voulait pas me laisser seule ici... Il a préféré vivre misérable, mais auprès de moi, veillant toujours sur moi comme je veille sur lui... Il est si bon, il est si bon !

Elle s'arrêta brusquement, et quittant son père, se rapprochant du commissaire de police :

— Pardon, monsieur, pardon, dit-elle, j'ai parlé trop longtemps de lui, de moi... C'est qu'il fallait bien vous le faire connaître... Vous l'accusiez, vous le croyiez capable d'un crime... Alors, pour vous montrer votre erreur, je vous ai raconté sa vie. Je vous ai dit : le voilà tout entier, voilà son cœur.

Mais cela ne vous suffit pas... Vous croyez avoir recueilli contre lui ce qu'on appelle, il me semble, des indices, des preuves... Eh bien, discutons-les... Vous me disiez tout à l'heure : « Je cherche la vérité. » Voulez-vous que nous la cherchions ensemble?... Vous ne pouvez pas refuser à une fille de défendre son père. Dites, monsieur, voulez-vous, voulez-vous?

— Soit! mademoiselle.

Séduit par cette parole persuasive, entraînante, et aussi sous le charme de cette beauté superbe, tous ses doutes lui étaient revenus ; il ne savait plus que penser.

Il fit un signe à Corbin et aux deux inspecteurs de la sûreté, qui se retirèrent dans la pièce voisine, et resta seul avec son secrétaire, Bérard et sa fille.

XVI

Elle avait forcé son père à s'asseoir sur le canapé et, prenant place à ses côtés, en face du

commissaire de police à qui elle avait offert un
fauteuil, très calme maintenant :

— Si je parvenais à établir, monsieur, dit-elle,
que mon père était auprès de moi lorsque le crime
a été commis, qu'adviendrait-il ?

— Un alibi bien clair, reposant sur des témoignages indiscutables, l'emporte d'ordinaire, mademoiselle, sur toutes les autres présomptions et les
fait tomber. Mais, alors, il est plus naturel que ce
soit moi qui vous interroge... Veuillez me répondre
en toute sincérité.

— Certainement, monsieur. Je dis toujours la
vérité quoi qu'il puisse advenir.

— A quelle heure votre père est-il sorti aujour-
d'hui ?

— A quatre heures précises... Je ne puis me
tromper, j'ai regardé la pendule en lui disant :
« Dépêche-toi, l'étude sera fermée. »

— Où allait-il donc ?

— Chez l'huissier du prince Lavisine, afin d'essayer d'obtenir un délai pour la vente dont nous
étions menacés.

— C'est, en effet, conforme à la lettre adressée
au prince.

Il reprit :

— Au moment de son départ, votre père avait-il sur lui quelque chose de volumineux ?

— Oui, des livres, suivant son habitude. Je les ai retirés de la poche de son pardessus après le dîner... Tenez, les voici.

— Maintenant, mademoiselle, répondez à cette question importante et donnez-vous tout le temps d'y réfléchir : A quelle heure votre père est-il rentré ?

— Je n'ai pas besoin de réfléchir. Il est rentré à sept heures moins cinq environ. Nous nous mettons toujours à table à sept heures précises, et je n'ai pas remarqué qu'il fût en retard.

— Vous en êtes certaine ?

— Oui, monsieur.

— C'est fort heureux, car le prince a été assassiné à sept heures précises.

Il paraissait enchanté de ces réponses qui venaient détruire cependant une partie de son enquête. Mais, tout à coup, le magistrat reparut. Il tira sa montre, la regarda et dit :

— Malheureusement, votre pendule retarde de dix minutes sur l'heure exacte... et je suis obligé de le constater... Ces dix minutes de différence ont pu suffire à votre père pour revenir ici...

— Après avoir tué le prince Lavisine, n'est-ce pas ? acheva-t-elle en s'animant... Et ce crime abominable, monstrueux, commis, il m'a rejointe, il m'a embrassée comme de coutume, il s'est assis à table et il a dîné paisiblement, tranquillement, en face de moi... en face de sa fille !

— Avait-il vraiment toute sa liberté d'esprit, tout son sang-froid, mademoiselle ?

— Sa liberté d'esprit, certes. Son sang-froid, non. Il criait après le prince, il se plaignait de ses rigueurs, il le maudissait... S'il l'avait tué, sa colère n'aurait-elle pas été apaisée ?

— C'est vrai, mais personne n'assistait à votre dîner, personne n'a vu, n'a entendu, n'a observé votre père.

— Si, monsieur, moi.

— Hélas ! votre témoignage sera discuté. Vous êtes trop intéressée dans la question.

Sans perdre courage, Mlle Bérard se mit à chercher de nouvelles objections, de nouveaux arguments pour combattre son adversaire. Elle crut en avoir trouvé sans doute, car elle dit au bout d'un instant :

— Le prince Lavisine a été foudroyé, n'est-ce pas, monsieur, disait-on devant moi, par une bombe ?

— Oui, mademoiselle.

— Et comme mon père s'est occupé de chimie toute sa vie, qu'il a étudié toutes les matières, toutes les substances, tous les liquides détonants, qu'il a même inventé... car je connais tous ses travaux... un nouveau produit explosif, vous en concluez que c'est lui qui a lancé la bombe... Mais cette bombe, où l'aurait-il prise, où l'aurait-il fabriquée, quel est l'ouvrier qui la lui a fournie ?... Si un homme a été tué d'un coup de pistolet et que vous trouviez seulement de la poudre sur la personne soupçonnée de l'avoir tué, cela vous suffirait-il ? Non. Vous vous occuperez aussi de l'arme elle-même, du pistolet... Vous voudrez savoir d'où il vient, d'où il sort. Eh bien, je le répète, où mon père s'est-il procuré cette bombe ? Comment l'avait-il entre les mains ? Est-ce que vous n'êtes pas frappé par cette objection, monsieur ?

— Sans doute, elle ne manque pas de valeur ; on en tiendra compte, mademoiselle.

Le charme continuait à opérer. Reine de Beauté

avait décidément fait la conquête du commissaire
de police.

A ce moment, l'inspecteur principal de la sûreté
ouvrit timidement la porte du salon.

— Que voulez-vous, Corbin ? lui demanda son
chef dès qu'il l'aperçut.

— Je voudrais, monsieur, si vous le permettez,
vous faire part d'une découverte des plus graves.

— Parlez, je vous écoute.

XVII

Autorisé à parler, l'inspecteur principal, s'adressant au commissaire de police, lui dit :

— Tout à l'heure, monsieur, comme j'étais inoc-
cupé, j'ai entr'ouvert machinalement une petite
armoire qui se trouve dans l'antichambre. Elle
était pleine de vêtements et de chaussures... et j'ai

cru devoir prendre la mesure exacte de ces chaussures.

— Eh bien ?

— Elles ont vingt-sept centimètres de long sur neuf de large. C'est, je crois, la mesure exacte des empreintes de pas que vous avez relevées, monsieur le commissaire, au commencement de votre enquête.

— C'est surtout, fit aussitôt Mᶫᶫᵉ Bérard, la grandeur habituelle du pied d'un homme un peu grand... et rien ne dit que le meurtrier du prince Lavisine ne soit pas de grande taille comme mon père.

— C'est là cette découverte importante ? demanda le commissaire de police à Corbin d'un ton où perçait une légère mauvaise humeur.

— Non, monsieur. Je ne vous ai parlé des chaussures que pour vous expliquer comment j'étais arrivé à faire ma découverte.

— Voyons.

— Je reposais les bottines à la place où je les avais prises, lorsqu'au fond de l'armoire, sur la tablette d'en bas, j'ai aperçu des objets brillants.

6

— Quels objets ? demanda le magistrat.

L'inspecteur, les yeux fixés sur Bérard qui venait de tressaillir, répondit :

— Des bombes en fonte.

— Ah !

— Je sais, je sais, s'écria tout à coup Mlle Bérard venant au secours de son père... Ce sont des souvenirs du siège... Plus d'un Parisien en a encore chez lui... On en faisait commerce autrefois ; on en vendait de tous côtés.

— Et vous en avez acheté ? dit le commissaire en s'adressant cette fois directement à Bérard.

— Oui, monsieur.

— Comme souvenir ?

— Non, pour étudier le mécanisme de ces bombes qui sont de fabrication allemande.

— Combien en aviez-vous ? demanda le commissaire toujours tourné vers le prévenu.

— Deux, répondit Bérard.

— Pardon, fit aussitôt Corbin du ton le plus poli, je crois que vous vous trompez, monsieur. Vous avez dû en avoir trois.

— Jamais, jamais !

— Pourquoi pensez-vous qu'il y avait trois bombes au lieu de deux ? demanda le commissaire à l'inspecteur.

— Parce que l'armoire est humide, que ces bombes pouvaient se rouiller et qu'on les a enduites de graisse et d'huile.

— Cela ne répond pas à ma question.

— Je vous demande pardon, monsieur. On voit encore sur la tablette la trace huileuse de la troisième bombe.

— Eh bien! s'écria Mlle Bérard. On a pu changer une de ces bombes de place.

— Encore mille excuses, reprit Corbin. Le rond tracé par la troisième est beaucoup plus petit que le rond fait par les deux autres.

Le commissaire s'était levé. Toutes les bonnes impressions produites sur lui, depuis un instant, venaient de s'effacer.

— Je vais me rendre compte par moi-même, dit-il. Et, s'adressant à Bérard : Suivez-moi.

Quelques minutes d'examen lui suffirent pour constater que l'inspecteur de la sûreté avait dit vrai en tous points.

Alors il ordonna de fermer avec soin l'armoire qui contenait à la fois les chaussures et les bombes, une bibliothèque dont on avait changé la destination et qui était pleine de produits chimiques de toutes sortes, enfin les malles remplies de livres.

En même temps, son secrétaire réunissait, en un seul paquet, les divers manuscrits de Bérard sur son invention nouvelle et le brouillon de son ancienne lettre au prince Lavisine, puis il appliquait les scellés sur ce paquet destiné au juge d'instruction et devant lui parvenir intact.

Mlle Bérard debout, un bras passé autour du cou de son père qui se tenait près d'elle, regardait, écoutait, silencieuse, sans faire un geste. Mais, comme le commissaire de police venait de s'entretenir avec Corbin et avait désigné des yeux Bérard, elle crut qu'on allait l'emmener, le conduire en prison.

Alors, elle s'avança et dit :

— Monsieur, je vous en supplie, permettez-moi de le suivre.

— C'est inutile, mademoiselle, répondit le magistrat. Votre père passera le reste de la nuit chez lui, auprès de vous, sous la surveillance et sous la responsabilité des agents qui m'accompagnent.

— Et demain ? demanda-t-elle.

— Demain, la justice fera son devoir comme j'ai fait le mien.

— Et comme je ferai le mien, en le défendant jusqu'à la mort ! s'écria-t-elle.

En disant ces mots, elle se jetait dans les bras de son père.

XVIII

Quelques personnes seulement se souviennent de cette affaire, quoiqu'elle ait fait grand bruit et qu'elle soit récente. Mais, d'une part, Paris est oublieux : il se désintéresse le lendemain des choses qui l'occupaient la veille; il passe aisément d'une impression à une autre et ne saurait long-temps fixer sa pensée sur le même sujet. D'autre part, nous avons cru devoir *démarquer*, autant

6.

que possible, cette histoire vraie, changer les
noms des personnages principaux, modifier certains détails, et ceux qui seraient tentés de se souvenir se trouvent désorientés. Nous ne le regret-
tons pas : un sentiment de convenance, le respect
de certaines infortunes nous obligeaient à nous
conduire ainsi. Mais, pendant plus de huit jours, on
ne parla que de l'affaire dont nous nous occupons :
le nom connu de la victime, sa grande situation
dans le monde, sa fortune considérable, l'étrangeté
du crime, la position de l'accusé, un rêveur mais un
savant, et enfin des bruits qui ne tardèrent pas
à se répandre sur la merveilleuse beauté de
sa fille devaient concourir à passionner tous les
esprits.

Un instant, on se demanda s'il ne s'agissait pas
d'un crime politique : on se souvint dans la colonie russe de la guerre acharnée que le prince
Lavisine avait autrefois faite aux nihilistes, des
menaces qui en étaient résultées et de son départ
de Saint-Pétersbourg, où l'on craignait que sa vie
ne fût pas en sûreté. Mais le juge d'instruction
chargé de l'affaire ne voulut voir qu'un crime
ordinaire, une vengeance personnelle et, par pru-

dence autant que par conviction, écarta toute question politique.

Il ne pouvait agir autrement : dès le début, après avoir étudié le rapport du commissaire de police, s'être transporté sur les lieux, s'être livré à de nouvelles constatations, il crut à la culpabilité de Bérard et ne chercha pas d'autre coupable, parce qu'il pensait, en son âme et conscience, qu'il n'y en avait pas d'autre. Et, cependant, Jeanne Bérard défendit son père énergiquement comme elle l'avait promis ; elle le défendit avec tout son cœur et aussi toute son intelligence. Elle fut entendue plusieurs fois par le juge instructeur, qui lui permit de discuter, l'un après l'autre, tous les chefs d'accusation. Mais, ni son éloquence, ni ses raisonnements, ni même sa beauté n'eurent aucune influence sur un homme aux idées arrêtées, qui se contenta de l'admirer sans se laisser émouvoir.

Pour le juge, plus tard pour la chambre des mises en accusation, Bérard, un déclassé, auquel rien n'avait réussi, une sorte d'halluciné, un malade aigri par l'insuccès et la misère, jaloux du bonheur et de la richesse des autres, avait dans un moment de surexcitation, tué le prince Lavisine, personni-

fication pour lui de la richesse et du bonheur. On
n'avait pas voulu porter l'affaire sur le terrain politique ; indirectement, on la portait sur le terrain
social. On se refusait à voir dans Bérard un nihi-
liste, mais on en faisait une sorte de socialiste,
d'autant plus dangereux qu'il vivait à l'écart et replié sur lui-même.

En même temps, l'accusation laissait entendre
que la vengeance n'avait peut-être pas été le seul
mobile du crime : la mort du prince mettait Bérard
à l'abri de toute poursuite, de toute rigueur au
moins immédiate. Il restait dans son logement, on
ne vendait pas ses meubles le lendemain ; il avait
du temps pour s'acquitter et peut-être pour ne jamais
payer si les héritiers se montraient cléments.

Une seule personne à Paris eut quelques motifs
pour envisager les choses sous un autre aspect :
ce fut le baron de Mérieux. Il crut, comme tout le
monde, à la culpabilité de Bérard ; mais il se demanda s'il n'était pas le complice, l'instrument des
ennemis politiques du prince Lavisine. Cette idée
l'occupa même assez pour qu'il fit une visite au
prince Orsiloff, revenu à Paris depuis quelque temps.

— Eh bien, que vous avais-je annoncé ? dit le

prince en le voyant. Ce pauvre Lavisine ne pouvait pas vivre longtemps.

— Ce sont ses ennemis politiques qui l'ont tué, n'est-ce pas? demanda le baron.

— Je ne crois pas, répondit Orsiloff. Ils ont été devancés par ce Bérard, exaspéré de ses rigueurs. Le prince s'est montré aussi intraitable dans une affaire privée, qu'il avait été sévère, violent autrefois, lorsqu'il s'occupait en Russie des affaires publiques... Mais que vous importe par qui et pourquoi le prince a été tué? Il est mort, bien mort. La princesse est veuve, et dans un an au plus tard, vous la pourrez épouser.

— Croyez-vous que cela soit aussi facile?

— Pour vous, oui... Elle vous aime au point de commettre toutes les folies du monde.

— Qu'en savez-vous?

— Je sais tout... Grâce à cette mort, continua-t-il avec son inaltérable sang-froid, l'affaire pour laquelle nous nous sommes associés est meilleure que jamais... Aussi ai-je le projet d'augmenter notre capital et de faire demain, entre vos mains, une nouvelle mise de fonds.

Il salua le baron de la main et le congédia.

XIX

Au Palais de Justice, à Paris, dans la salle des assises, les débats de l'affaire Bérard sont ouverts depuis le matin.

Il est huit heures du soir ; les lampes répandues çà et là, ou reposant dans les lustres en bronze suspendus au plafond, éclairent faiblement, tristement la grande salle. L'atmosphère est lourde, étouffante ; la foule pressée, compacte. Elle s'est glissée partout, lentement, avec cette persévérance, cette opiniâtreté que rien ne rebute, des gens qui veulent voir, qui veulent entendre. Depuis longtemps, les places réservées aux témoins, à quelques personnes privilégiées, ont été envahies par le public. Au banc des avocats, au banc des journalistes, des étrangers se sont glissés. Sur l'estrade, derrière le président, derrière la cour, plus de cinquante personnes, ma-

gistrats, fonctionnaires publics, députés, sénateurs,
se tiennent assises ou debout. Des femmes du
monde, dont plusieurs appartiennent à la colonie
russe, sont parvenues peu à peu jusqu'à la première enceinte. On en voit deux très jolies, très
connues, adossées contre le banc du défenseur.

Et, cependant, cette foule, composée d'éléments
si divers, fatiguée par de longs débats, énervée,
émue, se fait silencieuse. Elle écoute attentivement
le résumé du président, un des derniers résumés qui
aient été prononcés à la cour d'assises de la Seine,
car aujourd'hui, grâce à de persévérants efforts, la
parole appartient en dernier lieu au défenseur de
l'accusé.

Ce résumé rappelle les faits de la cause, les témoignages les plus importants, et les arguments pré-
sentés dans le réquisitoire ou dans la plaidoirie, par
le ministère public ou l'avocat de l'accusé. C'est
aride, sec, froid. On ne voit plus couler les larmes,
on n'entend plus les cœurs battre. Tout ce qui avait
donné de la vie à ces débats s'est évanoui : l'avocat, ardent à la défense, tirant parti des moindres
incidents, protestant contre l'accusation, faisant
ressortir toutes ses invraisemblances, éloquent, pas-

sionné ; l'accusé assis sur son banc, pâle, timide,
faisant des efforts inutiles pour se soustraire à tous
ces regards fixés sur lui, de violent qu'il était autrefois, dompté, soumis, écrasé par le malheur qui le
poursuit, ne retrouvant un peu d'énergie que lorsque sa fille lui crie : « Mais réponds donc, proteste
donc, défends-toi donc! » Et elle, elle, Jeanne
Bérard, malgré ses vingt ans, superbe de présence
d'esprit, de sang-froid, d'audace, rétablissant les
faits, conseillant l'avocat, encourageant son père,
criant au procureur de la République : « Ce n'est
point cela, je n'ai point dit cela, on n'a point dit
cela! » Tous l'ont admirée, autant pour sa beauté
que pour son énergie : le public, le jury, les témoins, la cour.

Le président a terminé son résumé. Alors, s'adressant aux jurés, il leur indique les questions qu'ils
auront à résoudre, les adjure de songer à leur serment, de ne trahir ni les intérêts de la société, ni
les intérêts de l'accusé et de se prononcer dans
toute la liberté de leur conscience.

Le jury se retire dans la salle de ses délibérations.

Une demi-heure s'écoule, puis, au milieu des con-

versations, du tumulte, un coup de sonnette retentit. Un grand silence succède au bruit. « La cour,
messieurs. »

Le président se tourne vers les jurés et leur demande quel est le résultat de leurs délibérations.

Le chef du jury se lève, et la main posée sur son
cœur, d'une voix émue, il dit :

« Sur mon honneur et ma conscience, devant
Dieu et devant les hommes, la déclaration du jury
est : « Oui, à la majorité, l'accusé est coupable... A la
majorité, il y a des circonstances atténuantes en
faveur de l'accusé. »

Un long frémissement a couru dans la salle.
Du fond de l'auditoire montent des rumeurs con-
fuses.

Jeanne Bérard, indignée, veut parler. Le défenseur lui prend les mains, la supplie de se taire.
Elle obéit et s'assied, pâle, toute frissonnante.

On introduit l'accusé.

Il regarde sa fille, comprend qu'il est perdu et
regagne sa place, la tête baissée.

Le président demande à l'accusé et à son conseil
s'ils n'ont rien à dire sur l'application de la peine.
Ils ne répondent pas.

Les juges se lèvent, et sans quitter la salle, sur leur estrade, délibèrent.

Bientôt ils reprennent leur siège et le président, après avoir lu le texte de la loi, prononce l'arrêt qui condamne : Jean Bérard aux travaux forcés à perpétuité.

Alors, Jeanne Bérard quitte sa place, fait deux pas vers le banc des jurés, et les bras croisés, les regardant bien en face, leur crie d'une voix chaude, vibrante : « Messieurs, vous avez condamné un innocent ! »

XX

L'audience de la cour d'assises s'était terminée trop tard pour que Mlle Bérard pût espérer obtenir l'autorisation d'embrasser son père et de s'entretenir avec lui. Elle se rendit pourtant à la Conciergerie, parvint à voir le directeur et essaya de l'attendrir. Mais elle ne réussit pas : le règlement défend d'une façon formelle les visites nocturnes dans les prisons.

Elle se retira navrée, désespérée, et regagna le petit logement composé de trois pièces qu'elle occupait rue Saint-Honoré. Le lendemain de l'arrestation de son père, elle ne s'était pas senti le courage de vivre dans cette maison du boulevard de Courcelles, seule maintenant, privée du cher compagnon de son enfance, de sa jeunesse, et elle était partie, laissant tout à la justice, à la police et aux huissiers, leur abandonnant les meubles, tous les objets qui lui rappelaient une époque de sa vie plus heureuse, emportant seulement quelques portraits, quelques souvenirs sans valeur sur lesquels les gens de loi dédaignent de faire main basse.

Alors, passant sa vie au Palais de Justice, chez son avocat, à Mazas, dès que le secret avait été levé, et plus tard à la Conciergerie, elle s'était consacrée entièrement à la défense de son père, dominée par une seule pensée : prouver son innocence, le sauver.

Hélas ! tant d'efforts venaient d'aboutir à une condamnation terrible.

Et, pourtant, elle put dormir dans la nuit qui suivit cette condamnation : le succès, la joie l'eussent peut-être tenue éveillée ; la doüleur l'anéantit. Elle tomba vaincue, brisée sur son lit et goûta quelques heures de repos, ce repos qu'elle ne connaissait plus, que ses nerfs surexcités, son imagination toujours tourmentée, la fièvre qui la dévorait, lui refusaient depuis trois mois.

Mais quel réveil, quel terrible réveil! Tout était fini, la justice des hommes avait parlé : son père était condamné, condamné à être transporté là-bas, là-bas, au delà des mers, loin d'elle! Condamné aux plus durs travaux, lui, cet homme de science, cet homme d'étude! Condamné à vivre avec des criminels, avec des misérables, lui si bon, si timide, si tendre! Condamné à être enterré vivant dans une tombe!

Et elle, quel avenir! Seule, seule au monde. Car elle ne se connaissait ni une parente, ni une amie. Son père vivait si retiré et elle avait toujours vécu avec lui, près de lui et par lui!

La vie matérielle même, le pain quotidien, comment se le procurerait-elle quand ses dernières ressources, une centaine de francs, seraient épuisées?

Pouvait-elle espérer travailler, tirer partie de l'éducation qu'elle avait reçue, donner des leçons, se faire institutrice, par exemple, comme, dans ses moments de gêne, elle y avait songé? Qui donc oserait confier ses enfants à Jeanne Bérard, la fille d'un assassin, d'un forçat?

Assise sur une chaise au milieu de sa chambre, les bras croisés, le regard fixe, l'œil sec, elle réfléchissait ainsi et se demandait par instants s'il n'était pas permis de songer au suicide dans certaines situations désespérées... Mais non, non, elle n'en avait pas le droit! Elle devait encore le défendre, essayer d'adoucir sa situation, l'aider à supporter sa grande infortune. Elle ne pouvait abandonner celui que sa mère lui avait confié, celui qu'elle se plaisait à appeler son grand enfant. Elle devait vaincre ses faiblesses, secouer sa torpeur, retrouver son énergie, vivre pour lui si ce n'était pour elle.

Et alors, tout à coup, fiévreusement, elle s'habilla. Elle voulait le voir, le voir immédiatement; on n'aurait pas la cruauté de fermer encore devant elle la porte de la prison.

Comme elle allait sortir, elle entendit sonner.

Son avocat, peut-être, qui, par pitié, venait lui apporter quelques dernières consolations.

Elle ouvrit.

C'était un inconnu, un homme de trente-deux à trente-cinq ans, grand, mince, mis avec élégance, distingué de manières et de visage.

— Qui êtes-vous, que demandez-vous, monsieur? fit-elle sans ouvrir entièrement la porte.

— Mademoiselle, répondit-il timidement d'une voix douce, avec un léger accent anglais, je suis sir William Hanley-Gardiner.

— Cela ne m'apprend rien, monsieur; je ne vous connais pas.

— En vérité, vous ne connaissez pas sir William Hanley-Gardiner de New-York?

Deux fois répété, ce nom la frappa; elle se souvint en effet de l'avoir entendu prononcer. Mais elle n'avait pas le temps de recevoir de visite.

— Pardon, monsieur, votre nom ne m'est pas inconnu, en effet; mais je suis pressée.

Il l'interrompit pour lui dire:

— Vous allez sans doute voir votre père?

— Oui.

— Eh bien, dans son intérêt même, retardez, mademoiselle, un instant, votre visite... Je viens vous parler de lui.

— De lui?

— Oui, vous offrir de le sauver.

XXI

Jeanne Bérard fit entrer sir Hanley-Gardiner dans une petite pièce qui servait à la fois de salle à manger, d'antichambre et de salon, puis, lui désignant une chaise :

— Expliquez-vous, monsieur, je vous prie, dit-elle. La phrase que vous avez prononcée m'a vivement émue et j'ai hâte de savoir ce qu'elle signifie.

Sir Gardiner allongea ses longues jambes dont il paraissait embarrassé et répondit :

— Je comprends, mademoiselle, votre impatience et j'ai hâte de la satisfaire ; mais la phrase

en question n'aurait aucune valeur, ne vous inspi-
rerait qu'une médiocre confiance, si je n'essayais
pas d'abord de me faire mieux connaître de vous.

— Je vous écoute, monsieur.

— J'ai l'avantage ou le désagrément, mademoiselle, d'être un des hommes les plus riches du monde
entier. Je ne connais pas précisément le chiffre de
ma fortune, mais un des Rothschilds, qui veut bien
s'occuper d'en faire valoir une partie, me disait dernièrement : « Sir Hanley-Gardiner, je crois, sur ma
parole, que vous êtes plus riche que nous. »

— Pourquoi me dites-vous cela, monsieur ? demanda-t-elle un peu inquiète.

— C'est indispensable, mademoiselle... Sans
cela, croyez bien que jamais... Quand vous me
connaîtrez mieux, vous saurez que je ne tire aucune
vanité de cette fortune... Au contraire, j'en ai
honte, elle me gêne, je la trouve ridicule, et je
me trouve ridicule de la posséder... Le plus terrible, c'est qu'elle s'accroît tous les jours... Je suis
directeur et unique propriétaire, aux États-Unis, de
deux ou trois grands journaux qui ont un tirage
considérable et me donnent de douze à quinze
mille francs de revenus par jour... Ces revenus,

je ne puis parvenir à les dépenser, et ils viennent augmenter chaque année un capital déjà grotesque.

Impatiente de rejoindre son père, nerveuse à l'excès depuis quelque temps, elle l'interrompit pour lui dire :

— C'est entendu, monsieur. Vous êtes riche, trop riche ; après ? Je vous en supplie, après ?

— Après, voici, fit-il en prenant le parti de se croiser les jambes. Hier matin, l'idée m'est venue d'aller à la cour d'assises et d'assister au procès de votre père... Je n'étais pas fâché de surveiller, une fois par hasard, mes rédacteurs judiciaires, de savoir s'ils étaient à leur poste, s'ils faisaient bien leur métier et se préparaient à envoyer en Amérique des dépêches à sensation... Puis j'espérais me distraire un peu... J'ai besoin de distractions, je m'ennuie beaucoup.

— Vous appelez cela une distraction, monsieur ? fit-elle. Voir juger un malheureux !

— Un malheureux que je ne connaissais pas, mademoiselle, répondit-il tranquillement, qui ne m'intéressait d'aucune façon et que je prenais pour un vulgaire assassin... Mon Dieu oui, je l'avoue, je ne voyais là qu'une occasion de me dis-

7.

traire... J'arrive donc au Palais de Justice... Il y
avait un monde énorme, une queue gigantesque.
Mais je fais passer ma carte au président des
assises, et un instant après, on me place sur l'estrade, derrière la cour, en face de l'accusé.

— Eh bien, vous vous êtes distrait, monsieur,
fit-elle avec amertume.

— Non, mademoiselle, non, pas précisément.
Je me suis intéressé d'abord et bientôt je me suis
senti profondément ému.

— Ah !

— Oui... On interroge votre père... Je le regarde, je l'écoute et je me dis : La justice française,
qui se croit la première du monde et se moque
souvent de notre justice américaine, pourrait bien
aujourd'hui faire une bêtise... Cet homme n'a pas
l'air d'un coupable... Il ne doit pas être coupable.

— N'est-ce pas, n'est-ce pas ? fit-elle en se rapprochant vivement de sir Gardiner.

— Bientôt on vous appelle comme témoin... Je
vous regarde à votre tour. Ne froncez pas le sour-
cil. Rassurez-vous. Je ne veux pas vous faire de
compliments... Je ne veux voir en vous qu'une
fille désolée, désespérée, et digne de tous les res-

pects... Je vous regarde donc, je vous écoute, je vous observe et je me dis encore : Elle est sincère, elle est convaincue, elle croit à l'innocence absolue de son père. Elle ne le défend pas parce qu'elle est sa fille et qu'elle veut le sauver à tout prix, mais parce qu'il est innocent.

— C'est cela, c'est cela ! s'écria-t-elle. Coupable, je l'aurais défendu, certes, mais d'une autre façon. Je n'aurais pas pu...

— Y mettre tant d'ardeur, continua-t-il, trouver les accents qui m'ont remué jusqu'au fond de l'âme. C'est ce que tous ces gens-là, juges, jurés, témoins, public n'ont pas compris.

— Et vous l'avez compris, vous ?

— Certes.

— Je vous remercie, monsieur, fit-elle. Ne seriez-vous venu ici que pour me dire cela, vous auriez bien fait de venir.

— Je suis venu pour autre chose, mademoiselle.

XXII

Sir Hanley-Gardiner avait décroisé ses grandes jambes et les tenant maintenant allongées, il disait avec son accent anglais qui n'avait rien de déplaisant et qui complétait, au contraire, son originalité :

— Les témoins se succédaient ; je les écoutais avidement, et la première impression que j'avais ressentie, au lieu de s'effacer, s'affirmait. « Ils se trompent, ils s'égarent, me disais-je, ils ont absolument perdu la tête. » Bientôt l'avocat général prit la parole. Il tomba sur l'accusé à bras raccourci. De ce travailleur, de ce savant, de cet honnête homme, il fit un paresseux, un envieux, un misérable... Et vous étiez forcée d'écouter tout cela, d'entendre ainsi traiter votre père ! Ah ! quel supplice ! Je ne vous perdais pas des yeux, je lisais toutes vos souf-

frances sur votre visage : le sang vous affluait aux
joues, puis vous pâlissiez tout à coup, des frissons
vous parcouraient le corps... J'ai vu le moment où
votre indignation allait éclater... Je crois bien,
j'avais peine à contenir la mienne.

— Ah ! merci, monsieur.

— Votre défenseur répliqua... Quelles bonnes
choses, que de vérités il leur a dites !... Comment ne leur a-t-il pas ouvert les yeux ?... Le
brave homme, l'excellent homme !... Je suis allé lui
serrer la main après l'audience et je lui ai dit :
« J'ai toujours évité les procès, j'en aurai
maintenant avec tout le monde pour vous les
confier. »

— Décidément, vous êtes bon, monsieur, dit-
elle en le regardant pour la première fois peut-être
depuis qu'il était là.

— Oui, mademoiselle, répondit-il simplement,
je me crois bon ; mais je n'ai pas grand mérite à
cela... C'est la pauvreté, c'est la misère qui rendent
mauvais, et ridiculement riche comme je le suis je
dois être ridiculement bon.

— Continuez, fit-elle en souriant.

— Quelques minutes après, j'attendais anxieux,

oppressé, haletant, le verdict du jury... Vous le
connaissez... Votre père était condamné !... Ah !
cela m'a porté un coup, un vrai coup, et lorsque,
dans votre indignation, vous vous êtes écriée :
« Messieurs, vous avez condamné un innocent, »
je l'ai aussi crié de toutes mes forces, de toute mon
âme... à ma façon.

— A votre façon ?

— Oui, par la voix de la presse, à toute l'Amérique, au monde entier... Connaissez-vous l'anglais ?

— Oui.

— Eh bien, lisez ce papier. C'est la copie d'une
dépêche partie, hier soir, après l'audience, pour
les États-Unis.

Elle lut les lignes suivantes qu'elle traduisit aussitôt :

« Jean Bérard, accusé d'avoir assassiné le prince
russe Lavisine, a passé aujourd'hui en cour d'assises. Condamnation aux travaux forcés à perpétuité. Affirmez qu'il y a là une erreur judiciaire,
que Bérard est innocent.

« *Signé :* William HANLEY-GARDINER. »

— Et à qui avez-vous envoyé cette dépèche?
demanda-t-elle vivement.

— A tous mes journaux d'Amérique et par mon
câble... car j'ai un câble à moi tout seul... Il part
de mon cabinet de travail à Paris et va chez tous
mes rédacteurs en chef aux États-Unis et en Cali-
fornie... Cela me permet de les bien renseigner,
de causer avec eux et d'être toujours chez moi là-
bas, lorsque je suis ici... Cent mille Parisiens
lisent, en ce moment, dans leurs petites feuilles,
que votre père est coupable. Mais un million d'Américains lisent, en même temps, dans nos grands journaux qu'il est innocent... Il y a compensation.

— Oh! merci, merci! fit-elle.

— Ne me remerciez donc pas... C'est une satis-
faction que je me suis donnée... J'étais furieux hier
soir... Cela m'a un peu calmé de pouvoir crier, par
mon câble... à travers l'Océan.

— Eh bien, je ne vous remercie pas, dit-elle,
puisque vous ne voulez pas; mais je vous tends les
mains comme à un ami.

— Un ami! Vous avez dit un ami! s'écria-t-il...
J'accepte, c'est entendu.

Il secoua vigoureusement, à la mode anglaise,

les deux mains qu'elle lui avait tendues. Puis,
s'asseyant :

— Parlons de vous, lui dit-il... Je vous ai dit
que je venais vous offrir de le sauver, cherchons
le meilleur moyen pour y arriver... Je mets à votre
service mon temps, mon influence, ma fortune.

— Oh ! fit-elle, un peu troublée.

— Vous reculez, vous avez déjà peur d'un ami...
Vous avez tort... Je suis un très honnête homme,
mademoiselle, comme vous êtes une très honnête
fille... Croyez en moi... Vous me connaissez déjà
un peu... et hier, j'ai cru en vous, moi, lorsque je
ne vous connaissais pas du tout.

— Je suis toute portée à croire, fit-elle. Je voudrais cependant m'expliquer...

— Pourquoi je vous suis dévoué à ce point?...
Je ne puis pas vous le dire ; je ne me l'explique pas
moi-même. Si vous le voulez, mettons que je suis
un imbécile, un excentrique, un fou... Que vous
importe, si ma bêtise ou ma folie vous rend votre
père ?

— C'est vrai, fit-elle en souriant. Cherchons ensemble comment nous pourrons le sauver.

XXIII

Ils s'étaient assis en face l'un de l'autre et se
regardaient franchement, sans arrière-pensée,
comme des amis qui se connaissent de longue date.
Une sorte d'intuition, une sympathie irraisonnée
disaient à Mlle Bérard qu'elle pouvait avoir une
confiance absolue en cet étranger qui venait lui
offrir ses services, et quant à sir Gardiner, après
avoir cru en elle comme il le disait, sans la connaître, il se sentait maintenant subjugué par cet
esprit déjà si réfléchi, si droit, ce cœur aimant,
cette beauté souveraine.

— Voyons, fit-il, sans trop de gravité, car, malgré lui, par bizarrerie de caractère, il parlait assez
gaiement des choses les plus tristes, voyons...
Votre père est condamné... c'est bien... Non, je me

trompais, c'est mal... Mais il existe, je crois, chez vous, un proverbe qui dit : « il n'y a pas de mal sans remède. » Ce remède, vous le connaissez... Le pourvoi en cassation... Y avez-vous songé?

— Oui, ou du moins mon avocat y a songé. Mais, pressé par moi, il a fini par m'avouer qu'il craignait que la Cour de cassation ne pût casser l'arrêt de la cour d'assises... Il ne voit, paraît-il, aucune cause de nullité sérieuse.

— J'en chercherai, moi, et j'en trouverai!... J'ai étudié votre code d'instruction criminelle, en mer, sur mon yacht, de France en Amérique... Je vous le ferai connaître un jour, mon yacht, c'est une merveille... Plus grand que vos frégates et vos cuirassés... Il m'a déjà transporté soixante-deux fois du Havre à New-York et de New-York au Havre... C'est un tout petit voyage, très amusant... Nous le ferons avec votre père quand il sera libre.

Elle lui toucha le bras et lui dit en souriant :

— Revenons à la question, je vous prie, et avant de transporter mon père en Amérique, essayons de le faire sortir de prison.

— C'est vrai, c'est vrai... Je parle trop... Mes phrases sont aussi longues que mes jambes et ce n'est pas peu dire... Si vous saviez comme elles m'embarrassent, mes jambes, je ne sais pas où les mettre.

— Mettez-les sous votre chaise et continuons.

— C'est cela. J'y suis. Quand j'aurai trouvé les causes de nullité qui nous sont nécessaires, j'irai m'entretenir avec les conseillers à la Cour de cassation, chambre criminelle. Ils s'empresseront de reconnaître la justesse de mes raisonnements et casseront l'arrêt d'hier... Votre père sera renvoyé devant une nouvelle cour d'assises qui, cette fois, l'acquittera... C'est une affaire de trois mois.

— Comme vous arrangez cela ! fit-elle. Vous ne doutez de rien, vous.

— Si pardon... Je doute d'être aimé pour moi-même, fit-il gaiement... Je n'ai jamais pu l'être... Les femmes me trouvent sans doute les jambes trop longues... Je suis ridicule... J'ai l'air de marcher sur des échasses... En dehors de cela, vous avez raison : je ne doute de rien, et je suis sûr de vaincre toutes les résistances que pourraient m'opposer vos conseillers et vos juges.

— Quels moyens emploierez-vous ?

— Les moyens ordinaires... Ce sont des hommes

comme les autres... et je sais comment on vient à bout de tous les hommes.

— Comment?

— En leur promettant des richesses, des honneurs ou de l'amour.

— Et vous oserez, dit-elle, faire de telles promesses à des magistrats?

— Du moment que je ne doute de rien, j'ose tout; c'est une conséquence.

— Vous ne réussirez pas, fit-elle.

— Pourquoi? J'ai toujours réussi en Amérique.

— Nous ne sommes pas en Amérique; nous sommes en France.

— Vous croyez que vos juges valent mieux que les nôtres ?

— Oui, je le crois.

— Ah! par exemple! Je serais curieux de voir cela.

— Vous le verrez... Heureusement pour mon pays, malheureusement pour moi.

— Et c'est vous dont le père vient d'être condamné injustement qui défendez ses juges?

— Pourquoi pas? Ils ont cru bien juger; ils se

sont trompés, voilà tout... Je ne les accuse pas, je les plains.

— Ah ! vous êtes une étrange fille.

— Non. J'ai seulement dans le cœur des sentiments de justice.

— Alors, vous ne voulez pas de mes petits moyens de corruption ?

— Qui vous a dit cela ? Au contraire... Mon père avant tout... Je ne vois que lui... Si vous parvenez à le sauver, par quelque moyen que ce soit, je vous remercierai du plus profond de mon âme.

— Très bien ! Je me mettrai en campagne dès aujourd'hui.

— Et moi, fit-elle en se levant, je vais apporter quelques consolations, un peu d'espérance au malheureux qui se désespère là-bas.

XXIV

Où en étaient alors les amours de Sophia Lavisine et du baron Charles de Mérieux ?

La mort terrible de son mari, cette catastrophe, ce veuvage inattendu avaient-ils calmé les ardeurs, l'affolement de la princesse? Non, grâce à la profonde habileté de M. de Mérieux. Prévoyant les effets moraux et physiques qu'un si grand événement pouvait produire sur la princesse, redoutant certains scrupules et certaines délicatesses, il s'était empressé de dire :

— Mon amour, mon respect pour vous et aussi le respect de moi-même m'obligent, en ce moment, à une grande réserve. Ne vous le dissimulez pas, on vous observe beaucoup. Vous êtes en pleine lumière. Vos moindres démarches seraient immédiatement connues et commentées... Ne vous exposez pas, je vous en conjure, aux regards des curieux, des indiscrets, à leurs médisances. Ayez soin de votre réputation... C'est un triste moment à passer... et je suis désespéré de vous parler ainsi. Mais, bientôt, le monde vous oubliera et nous reprendrons nos chers rendez-vous. N'avons-nous pas toute la vie pour nous aimer ?

Ce grand comédien, ce grand artiste en femmes, lui disait ces choses si tendrement, paraissait tellement souffrir du sacrifice qu'il lui imposait et qu'il s'imposait à lui-même que, touchée d'un tel amour, si désintéressé, si dévoué, si grand, la princesse sentait peu à peu son cœur se prendre comme s'étaient pris ses sens.

Non content de ce résultat, le baron de Mérieux voulut que Sophia Lavisíne sût bien qu'elle ne pouvait se passer de lui. Sous un prétexte d'affaires, il s'absenta pendant quelques jours et ne revint qu'après avoir reçu quelques lettres désolées, passionnées, compromettantes, bonnes à conserver.

Il crut aussi devoir lui faire connaître les petites tortures de la jalousie ; il s'arrangea de façon qu'elle pût un instant le croire infidèle, et quand elle eut horriblement souffert, il lui prouva, le plus clairement du monde, qu'elle s'était trompée, qu'elle avait soupçonné à tort l'amant le plus parfait.

Après l'avoir fait passer par ces différentes phases, avoir condamné son amour au jeûne et aux privations ; quand il la vit soumise et passablement affamée, lorsqu'il se sentit lui-même bien reposé, prêt à entrer de nouveau en campagne et à se couvrir de gloire, il lui dit un jour de cette voix chaude qu'il savait prendre à volonté :

— Le sacrifice que je m'étais imposé est au-dessus de mes forces !... Je ne puis plus me contenter de vous voir ici, dans votre salon, comme un étranger... Ne pourrions-nous pas, au moins pendant quelque temps, loin du monde, loin du bruit, vivre seuls, côte à côte, nous aimer sans contrainte, librement, follement ?

— Oui, oui! s'écria-t-elle transportée. C'est aussi mon désir le plus vif, mon seul rêve !... Pourquoi ne pas fuir Paris ensemble, voyager ?... Rien ne me retient ici, pas même ce procès... Le président des assises m'a dispensée de témoigner en public. Il se contentera de lire ma déposition écrite... Partons quand tu voudras, demain, aujourd'hui. Voyageons en Italie, en Suisse, en Espagne. Que m'importe, pourvu que je sois avec toi !

— Non, ma chère âme, je ne saurais consentir à vous laisser voyager. En France, à l'étranger, dans les hôtels où vous seriez forcée de descendre, vous ne pourriez cacher votre personnalité. Un curieux, un indiscret vous reconnaîtrait aussitôt et s'étonnerait de me trouver auprès de vous... J'ai fait un autre rêve.

— Voyons... Je gage qu'il me plaira.

— Cherchons, pour y cacher notre bonheur, un coin bien retiré, en pleine campagne, ou au bord de la mer si vous le préférez... Nous prendrons des noms d'emprunt, nous vivrons de la façon la plus simple, sans attirer l'attention. Personne ne connaîtra notre retraite, personne ne viendra nous y troubler. Nous vivrons l'un pour l'autre et l'un par l'autre... Ah ! quelle ivresse !

— Partons ! dit-elle délirante, éperdue.

Ils choisirent comme retraite une petite maison moitié bourgeoise, moitié campagnarde, située dans le joli hameau de Vaucotte, sur la côte normande, entre Étretat et Yport.

Jamais leurs amours un instant contrariées, vivifiées par l'abstinence, fortifiées par l'air de la mer, ne furent plus ardentes.

Elle avait tout oublié, son rang, sa fortune, la mort de son mari, tout, pour être à lui seul, au seul maître qu'elle eût rencontré, à celui qui le premier avait su calmer son imagination autrefois inassouvie. Quant à lui, il n'oubliait rien. Au contraire : il pensait sans cesse à ses projets et se disait en souriant: « Le prince Orsiloff avait raison. Le mariage est sûr maintenant. Je la tiens, elle et ses millions ! »

XXV

Comme il l'avait promis à Mlle Bérard, sir Hanley-Gardiner entreprit aussitôt la campagne qui avait pour but de faire casser par la Cour de cassation l'arrêt rendu par la cour d'assises.

Après un long entretien avec plusieurs avocats, il acquit d'abord la conviction que les causes de nullité qu'on pouvait invoquer n'auraient aucune chance sérieuse d'être admises : la peine des travaux forcés s'appliquait bien à la nature du crime dont le jury avait reconnu Bérard coupable et, dans le cours des débats, le président n'avait commis aucune de ces fautes, de ces erreurs, de ces oublis que la défense s'empresse de relever et dont elle se fait plus tard une arme. Bref, toutes les formes ordonnées par la loi avaient été observées, et la Cour de cassation en matière criminelle, lorsqu'il s'agit d'examiner un pourvoi, ne s'occupe que de la forme, n'examine jamais le fond de l'affaire.

Cette conviction acquise, sir Gardiner, désespérant de réussir par les moyens légaux, par les voies ordinaires, en revint à sa première idée, idée tout américaine : ne plus s'adresser à la raison des juges, mais s'attaquer à leurs passions et les amener, en faisant dévier leur conscience, à voir des causes de nullité là où il n'y en avait pas.

Pour arriver à ce résultat, il voulut d'abord bien connaître ses adversaires : leurs habitudes, leurs goûts, leurs penchants, leurs passions, leurs vices s'ils en avaient, en un mot, le défaut de chaque cuirasse afin de s'y glisser et de frapper à coup sûr.

Cette sorte d'enquête confiée à quelques-uns de ces amis dévoués, prêts à rendre les services les plus délicats, et dont tout homme puissamment riche est toujours entouré, ne tarda pas à lui apprendre que sur les douze conseillers qui au-

raient à se prononcer sur le pourvoi de Bérard,
cinq au moins étaient invulnérables, au-dessus de
toute intrigue ; que ce serait folie de vouloir s'attaquer à leur conscience.

Parmi les sept qui restaient, quatre ne comp-
taient pas. C'étaient aussi de fort honnêtes gens,
des magistrats autrefois en lumière ; mais l'âge,
quelques infirmités, la fatigue, les avaient réduits
à l'état de comparses : au lieu de se faire une opinion, ils prenaient celle de quelques-uns de leurs
collègues et votaient comme eux.

Ceux-ci, en pleine activité, influents et méritant
de l'être, des espèces de chefs de groupes comme on
en rencontre dans toutes les assemblées, dans toutes les réunions d'hommes, se trouvaient être précisément, et heureusement pour sir Hanley-Gardiner, les trois conseillers susceptibles, disait-on,
d'obéir à certaines influences.

Aussitôt il résolut de diriger sur eux ses batte-
ries ; mais, très fin, très habile en affaires, il décida
en même temps qu'il se compromettrait personnel-
lement le moins possible. Il désirait, dans l'intérêt
même de Mlle Bérard, diriger l'action, mais ne pas
se découvrir. Il trouvait surtout préférable de s'a-

dresser non pas à ses adversaires, mais à leur entourage, aux personnes qui passaient pour avoir de l'influence sur leur esprit, leur cœur ou leurs sens, trois points particulièrement vulnérables.

Alors il ouvrit une nouvelle enquête, qui lui donna les renseignements suivants :

M. X..., simple juge suppléant dans un tribunal de province, s'était marié à une femme assez jolie, mais surtout ambitieuse, qui, changeant d'opinion avec tous les gouvernements, flattant tous les pouvoirs, lui avait fait obtenir un rapide avancement. Cependant elle ne se tenait pas pour satisfaite de sa position de conseillère à la Cour de cassation, ce bâton de maréchal envié par toutes les femmes de magistrats, et rêvait encore de plus hautes destinées pour son mari, qui se laissait faire depuis trente ans et avançait, avançait toujours, sans savoir pourquoi. Sir Gardiner lança contre cette assoiffée d'honneurs un très habile homme, chargé de lui faire entrevoir les plus beaux horizons si elle consentait à lui prêter son appui.

M. Y..., le deuxième conseiller, un grand travailleur, d'une probité parfaite, avait épousé pour son malheur une femme toute charmante, mais dé-

8.

pensière en diable, à qui le traitement de son mari
ne suffisait même pas pour payer sa couturière.
Elle était fort endettée, harcelée par ses créan-
ciers et réduite aux expédients. Une ancienne
femme du monde, à l'entière dévotion de sir Gardiner, eut pour mission d'offrir ses services à la
conseillère trop prodigue, en échange d'un autre
service dont il serait plus tard question.

Le troisième conseiller, M. Z..., resté garçon
afin de jouir d'une liberté plus complète, disaient
les mauvaises langues du Palais, passait pour un
grand amateur de jolies femmes, très friand de
bonnes fortunes. Sir Gardiner consulta ses souvenirs, ses notes et ses photographies, puis se rendit
rue Mosnier, chez la belle Léa, celle dont un homme
d'esprit a dit : « Elle n'est pas jolie, elle est pire. »

XXVI

Il était deux heures de l'après-midi et Léa venait seulement de se lever, lorsque sa femme de chambre lui annonça que sir Hanley-Gardiner demandait à la voir.

— Gardiner ! s'écria Léa. Quelle surprise ! Fais-le entrer. Mais, se ravisant : Attends, fit-elle. Donne-moi d'abord mon nouveau peignoir, tu sais, le satin blanc doublé de satin rouge.

Elle désirait évidemment paraître devant son visiteur avec tous ses avantages.

Quelques instants après, elle jetait un coup d'œil sur une des grandes glaces de son cabinet de toilette et, se trouvant sans doute réussie, elle donnait l'ordre d'introduire sir Gardiner.

— Comment, c'est toi, mon grand chéri ! s'écria-

t-elle dès qu'elle le vit... C'est gentil !... C'est bien
gentil d'avoir pensé à ta petite Léa.

Et, en même temps, elle levait les bras pour lui
sauter au cou.

Sir Gardiner vit le mouvement, s'empressa de se
garer et alla s'étendre sur une chaise longue.

— Comment, dit Léa un peu désappointée, c'est
ainsi que tu me reçois?

— Je vous ferai remarquer, ma chère amie, répondit l'Américain, que, pour l'instant, c'est vous
qui me recevez.

— En effet... Alors c'est une visite, une simple
visite... de politesse.

— Et d'affaires, si vous voulez bien.

— Comment d'affaires? Quelles affaires peut-il
bien y avoir entre toi et moi? Et elle ajouta en riant :
Serais-tu ruiné? Viendrais-tu m'emprunter de
l'argent?

— Je viens vous en offrir.

— Ah bah ! Sois le bien venu, mon ange... Tu
ne pouvais pas mieux tomber... Imagine-toi que
j'ai été obligée de vendre dernièrement tous les
bijoux que tu m'as donnés l'année dernière... Cela
m'a fait un chagrin mortel de m'en séparer...

Que veux-tu, les Parisiens deviennent d'une ava-
rice !... Ah ! si nous n'avions pas l'Amérique !...
De quelle affaire s'agit-il ?

Pour le mieux entendre, elle voulut s'asseoir près
de lui, sur la chaise longue ; mais il s'allongea de
telle sorte qu'elle ne trouva pas de place et fut obligée de prendre une chaise.

— J'ai besoin, commença Gardiner, d'avoir pour
alliée certaine personne de qui dépend la réussite
d'une affaire importante... J'ai cherché comment
je pourrais obtenir d'elle ce que je désire et j'ai
pensé à vous...

— Pour la séduire ? acheva-t-elle.

— Précisément.

— Drôle d'idée !... Et tu crois...

— Je crois, continua-t-il sans la regarder, qu'a-
vec vos yeux de fauve, vos cheveux roux qui vous
descendent aux reins et au delà, votre bouche
fendue jusqu'aux oreilles, mais qui montre de si
jolies choses qu'on la voudrait encore plus grande,
je crois, dis-je, que vous pourrez facilement rendre
la personne en question folle de vous.

— Elle ne te ressemble pas alors.

— Pourquoi ?

— Parce que toi, qui parais si bien me connaître et m'apprécier, tu me fais l'effet d'avoir toute ta raison.

— Je l'ai perdue autrefois.

— Huit jours seulement, fit Léa d'un ton de reproche.

— C'est plus qu'il n'en faut pour l'affaire en question... Pendant une folie de huit jours, vous obtiendrez de votre magistrat tout ce que vous voudrez.

— Ah ! c'est un magistrat ?

— Oui !

— Jeune ?

— De cœur.

— Laid ?

— Suffisamment.

— Riche ?

— Que vous importe ? Cette question-là me regarde... Ce n'est pas sa fortune que vous viserez.

— C'est sa conscience de juge, n'est-ce pas ? fit-elle.

— Vous avez parfaitement compris... On n'est pas plus intelligente.

Elle réfléchit un instant et dit :

— Oui, c'est amusant !... Séduire un homme en robe, avec une toque dorée et de l'hermine sur l'épaule... Un de ces hommes qui nous regardent du haut de leur estrade et, au lieu de dire : mademoiselle Léa, disent: la fille Léa... Je ne serais pas fâchée de voir ton magistrat à mes pieds... A mes pieds seulement, n'est-ce pas ? Tu ne veux pas que je pousse les choses à l'extrême ?

— Je ne veux qu'une chose : c'est qu'il arrive à ce que je désire.

— Très bien ! Je lui tiendrai la dragée haute ; il n'en sera que plus obéissant... Donne-moi maintenant tous les détails dont j'ai besoin pour commencer le siège de la magistrature... assise, n'est-ce pas ?

— Oh ! assise... de côté... Rien n'est bien assis dans votre pays.

XXVII

Lorsqu'elle fut renseignée sur l'existence, les goûts, les habitudes de celui qu'il s'agissait d'assiéger, Léa fit son plan de campagne. Elle aurait préféré, en attendant, pour se mettre en goût, conquérir l'Amérique. Mais le représentant de ce pays, sir Hanley-Gardiner, paraissait décidé à une opiniâtre résistance. Il avait pu autrefois, un jour de faiblesse, lorsqu'il n'était pas sur ses gardes, se laisser surprendre à la suite d'une attaque audacieuse ; c'était pur accident : d'ordinaire, le journaliste américain se défendait mieux ou se respectait davantage.

Heureusement que Léa, malgré son désir bien naturel de s'attacher un homme aussi considérable que sir Gardiner, et son chagrin d'être contrainte

de renoncer à lui, n'en désirait pas moins le servir.
Ne savait-elle pas, par expérience, qu'il était généreux, prodigue même ?

Armée en guerre, bien équipée, elle partit donc,
une après-midi, pour la rue de Lille, où demeurait
le conseiller M. Z..., dans un vieil hôtel du siècle
dernier.

Habituée aux appartements étroits, bas de plafond, aux bonbonnières de son quartier, Léa sentit
un petit frisson lui courir le corps, lorsqu'elle se
trouva dans une immense antichambre, haute de
cinq mètres, entourée de vieilles boiseries, ornée
de fûts de colonnes en marbre, supportant des
bustes de Cicéron, de Démosthène et de Cujas.

Elle attendit vingt minutes, puis un valet de
chambre, qui avait l'air d'un procureur, vint lui dire
que M. le conseiller consentait à la recevoir. Elle
se leva en poussant un soupir de soulagement
et fut introduite dans un cabinet de travail encore
plus grand que l'antichambre et plus froid, si c'était
possible.

Le conseiller, assis devant une grande table sur-
chargée de papiers, de lettres, de dossiers, se
souleva légèrement, la regarda du coin de l'œil

9

et, d'un geste, lui fit signe de s'asseoir dans un fauteuil placé près du bureau.

« Il n'est pas beau, il n'est plus jeune, on le dirait empaillé ; mais je ne suis pas ici pour m'amu-
ser, je remplis une mission, se dit Léa. »

D'une voix solennelle, comme s'il commençait un
discours, M. Z... laissa tomber ces mots :

— Vous avez désiré me voir, madame. De quoi
s'agit-il?

Léa, espérant vaincre cette gravité qui la gênait
répondit en souriant :

— Permettez-moi d'abord de vous dire, monsieur,
que je ne me présente pas chez M. Z... conseiller à
la Cour de cassation. Je n'ai rien à démêler avec
les affaires, je n'ai aucun procès... On m'a dit que
vous étiez propriétaire d'une maison de campagne
à Maisons-Laffitte, que vous vouliez la louer, et je
viens vous demander vos conditions.

— Madame, répondit le magistrat toujours aussi
grave, je ne m'occupe pas moi-même de ces sortes
d'affaires. J'en ai chargé un agent de locations ; il
demeure à Maisons-Laffitte, à l'entrée du parc, et
vous pourrez le voir.

— Je l'ai vu, monsieur ; le prix qu'il me demande

m'a paru un peu élevé, et j'ai pensé que je pourrais m'entendre avec vous, obtenir quelques concessions...

Il l'arrêta et d'un ton sec :

— Je ne fais jamais de concessions.

— Même à une femme? demande-t-elle en lui dé-
cochant un de ses regards les plus expressifs.

— Même à une femme, répondit-il sans paraître
remarquer le regard.

Léa, malgré son aplomb, se trouvait toute déso-
rientée. On lui avait dit: « Votre conseiller a toutes
les apparences d'un homme grave, austère. Il laisse tomber des phrases tranchantes comme un cou-
peret. Jamais un sourire n'éclaire ses lèvres sèches,
minces. On dirait une statue juchée sur un piédestal ; mais lorsque la statue aperçoit une jolie femme,
elle ne tarde pas à descendre de ses hauteurs. » On
l'avait trompée, il ne descendait pas, il ne paraissait
en avoir nulle envie, et le piédestal même s'allongeait, s'allongeait, prenait les proportions d'une
colonne.

Cependant, comme elle ne se décourageait pas aisément, elle reprit:

— Mon Dieu, monsieur, je tiens tellement à votre

maison, que si vous maintenez votre prix, je réflé-
chirai, je verrai.

— Voyez, madame.

— Pourrai-je revenir pour vous apporter ma
réponse?

— C'est inutile, vous la ferez à mon agent de locations.

— Soit! dit-elle toute dépitée, j'irai demain à
Maisons-Laffitte.

— A votre aise, madame.

Il se leva pour lui indiquer que l'audience était terminée.

Au même instant, un éternuement se fit entendre
à l'autre bout du cabinet, dans l'embrasure d'une fenêtre. Les regards de Léa se portèrent aussitôt de
ce côté, et elle aperçut un homme d'une trentaine
d'années, le secrétaire du conseiller sans doute,
assis derrière une table, à demi caché par un amas
de paperasses et de livres.

« Ah! très bien, se dit-elle, la statue restait juchée
sur sa colonne parce qu'on la regardait. Elle posait
pour la galerie. »

Et elle s'en alla, rassurée, pleine d'espérance.

XXVIII

Le lendemain qui était un dimanche, Léa, dans une toilette très simple, mais de haut goût, prit à la gare de l'Ouest le train de deux heures pour Maisons-Laffitte.

En arivant à cette station, elle se rendit chez l'agent de locations.

— Je voudrais, lui dit-elle, revoir la maison que vous m'avez montrée l'autre jour.

— Rien de plus facile, madame, répondit l'agent. Vous y trouverez le propriétaire. Il est venu passer la journée chez lui.

— Je m'en doutais, fit Léa.

Un instant après, elle sonnait à la grille du jardin de M. Z.. Il vint ouvrir lui-même.

Ce n'était plus le même homme. On aurait dit

qu'une fée l'avait métamorphosé d'un coup de ba-
guette : sa longue redingote noire, étroitement bou-
tonnée, qui le faisait ressembler, la veille, à un sé-
minariste, avait été remplacée par une jaquette flot-
tante de couleur claire. Un chapeau de paille à petits
bords abritait sa tête et une rose du Bengale ornait
sa boutonnière. De visage, il n'avait pas changé, mais
le grand air lui avait donné quelques couleurs, et sa
physionomie, de funèbre, était devenue riante. Dans
ce costume, rasé comme il était, on l'aurait pris
non plus pour un magistrat, mais pour un acteur
de théâtre de genre, un premier rôle un peu mar-
qué.

Et, dans ses manières, dans son langage, quel
changement aussi !

— Soyez la bienvenue dans ma modeste demeure,
mademoiselle, disait-il ; je suis heureux que le hasard m'ait permis de vous recevoir. Entrez donc,
je vous prie ; je suis seul, entièrement seul. Voulez-
vous me permettre de vous offrir cette rose de
mon jardin, du vôtre, si vous êtes toujours dans
les mêmes idées ? J'ai consulté mon agent de locations et il m'a dit qu'en effet, la saison était un peu
avancée, qu'il serait juste de baisser mon prix...

Nous allons donc pouvoir nous entendre, mademoiselle.

— Pourquoi m'appelez-vous mademoiselle? demanda tout à coup Léa. Est-ce que j'ai l'air d'une jeune fille?

— Vous en avez toutes les apparences : la grâce, la fraîcheur...

— Les apparences seulement, vous le dites vous-même... Alors, j'ai droit à être appelée madame, et si vous m'appelez mademoiselle, c'est que vous m'avez reconnue... N'est-ce pas? Soyez franc.

— Eh bien, oui! Je vous ai applaudie dans votre dernière création aux Variétés.

— Une pièce à femmes!... Vous allez aux pièces à femmes, vous?

— Pourquoi pas? Je ne suis tenu à la gravité, à l'austérité que sur mon siège, au Palais de Justice, et dans mon cabinet, lorsque mon secrétaire me voit et m'écoute.

— Et vous la pratiquez joliment bien, l'austérité, s'écria Léa qui, encouragée, se mettait à son aise. Quelle tête vous faisiez!

— N'est-ce pas? dit-il en riant. Ma tête de magistrat. Préférez-vous celle d'aujourd'hui?

— Je crois bien ! Vous êtes rajeuni de vingt ans.

— Laissez-moi vous remercier de ce compliment, répliqua-t-il en essayant de lui prendre la main.

Elle fit un saut en arrière et dit :

— Permettez ! vous avez été hier d'une froideur presque impolie... Laissez-moi le temps de m'habituer à votre nouvelle manière... Je vous ferai du reste observer que je ne suis pas ici mademoiselle Léa des Variétés... Vous êtes en présence d'une locataire sérieuse, qui vient traiter une affaire non moins sérieuse avec le propriétaire d'une villa, avenue du Nord, Maisons-Laffitte (Seine-et-Oise), chemin de fer de l'Ouest, gare du Havre, vingt-cinq minutes de Paris.

— C'est que vous êtes non seulement jolie, fit le magistrat propriétaire, mais encore très drôle, très originale. On me l'avait bien dit.

— Vous avez donc pris vos petits renseignements sur moi ?

— Depuis longtemps, auprès de l'ouvreuse de l'avant-scène de gauche.

— Décidément, pour un magistrat austère, vous êtes un magistrat bien austère !

Et elle se mit à rire aux éclats, la tête renversée, de façon à laisser voir jusqu'au fond de sa gorge.

Cette fois, le conseiller ne put plus y tenir; il lui prit la taille. Mais elle glissa de ses mains et, quittant la maison où il l'avait fait entrer, elle courut se réfugier au jardin.

Quand il la rejoignit, elle lui dit :

— Votre villa me plaît... Décidément quel prix?

— Ce que vous voudrez.

— C'est trop cher... Dites un chiffre.

— Deux mille.

— Convenu. Je m'installe demain.

— Seule?

— Seule, avec ma femme de chambre.

— Pourrai-je vous faire visite?

— Comme propriétaire, oui; pour voir si je ne manque de rien... Adieu.

— Déjà?

— Le train m'attend.

Elle partit après l'avoir caressé de son long regard félin.

XXIX

Léa s'installa sans retard à Maisons-Laffitte. Aussitôt M. Z... vint lui faire visite, lui demander si elle ne manquait de rien, se mettre à ses ordres.

C'était un propriétaire modèle. S'il arrivait à Léa de dire : « Les allées du jardin ne sont pas assez sablées, » vite, il envoyait chercher plusieurs tombereaux de sable de rivière. Si elle faisait remarquer qu'un massif était clair-semé, aussitôt l'aimable conseiller courait acheter des charretées de plantes. Elle dit négligemment un soir : « Ce grand chêne donne trop de fraîcheur à la maison. » Le lendemain à son réveil, elle ne le vit plus. M. Z... l'avait fait couper.

Tant de bonnes grâces, de générosité cachaient peut-être quelques espérances : de temps en temps,

le conseiller montrait le bout de l'oreille, murmu-
rait de tendres paroles, essayait de prendre une
main ou une taille rebelle. Mais, sans se fâcher, sans
le repousser, près de lui au contraire, ses yeux dans
ses yeux, Léa disait tendrement :

— Je suis venue à la campagne pour vivre en
honnête femme... Je suis lasse de mon existence
désordonnée... Je veux m'en créer une nouvelle...
Au lieu de m'en empêcher, aidez-moi, soutenez-
moi... Un peu de vertu, de temps à autre, ça change.
Mon Dieu, je le sais bien, cela ne durera pas... et
alors votre tour viendra... Oui, il viendra, car je
vous préfère de beaucoup à tous ceux que j'ai connus
jusqu'ici... Je rêvais, depuis longtemps, un homme
de votre mérite, dans votre grande situation...
Pour moi, les hommes n'ont point d'âge. Lorsqu'ils
sont intelligents je suis toujours tentée de leur donner vingt ans... Oui, oui, je sens que je vous aime-
rai un jour, et d'une façon bien désintéressée, je
vous assure, mon ami... Jamais je n'accepterai
rien de vous, jamais !... Je vous supplie seulement
de me laisser le temps de me recueillir, de me re-
tremper dans la solitude... Est-ce que ce ne sera pas
bon, mon grand loup, d'être aimé par une femme

comme Léa, qui passe pour n'avoir jamais aimé personne ?

Cette perspective souriait au contraire beaucoup à M. Z... : être aimé avec désintéressement, c'était son ambition la plus chère. Être aimé pour lui-même à cinquante-cinq ans passés, quel rêve ! Être préféré à des jeunes gens, devenir l'amant de cœur de la belle Léa, c'est-à-dire l'amant ignoré, l'amant caché que personne ne soupçonne et à qui l'on réserve les meilleures joies ! Il s'épanouissait à cette idée, et il ne songeait nullement à la trouver grotesque : Léa était si bonne comédienne et l'homme dans les choses d'amour est, à tout âge, si naïf !

Ces espérances adroitement entretenues, ces flatteries, ces résistances habiles, ces coquetteries troublantes rendaient plus âpre le caprice que cette belle fille avait inspiré depuis longtemps à ce grand amateur de femmes. Bientôt il vint la voir tous les soirs et elle n'y trouvait rien à dire. Au contraire, elle le remerciait chaudement de charmer sa solitude.

— Quand vos affaires ne vous retiendront pas à Paris, disait-elle, pourquoi ne passeriez-vous pas la journée ici? Vous apporterez vos dossiers et vous travaillerez près de moi sous ces ombrages. Vous serez mieux que dans votre grand cabinet froid et sombre de la rue de Lille.

Il ne se fit pas prier : lorsque le Palais ne le réclamait pas, il passait ses journées à Maisons-Laffitte. Il finit même par y passer ses soirées et s'oublia auprès de sa locataire jusqu'à manquer certain jour, le dernier train, celui de onze heures trente-cinq.

— Que vais-je faire? dit-il à Léa en consultant sa montre.

— Prenez une voiture. Elle peut vous conduire à Paris en deux heures.

— Les loueurs sont couchés depuis longtemps.

— Allez à l'hôtel.

— Il n'y a pas d'hôtel dans le pays; c'est à peine si je trouverai une auberge.

— Vous n'espérez pas, je pense, que je vais vous garder ici?

— Pourquoi pas? demanda-t-il timidement.

Elle soupira et répondit :

— Vous avez raison... Quand on s'appelle Léa, on ne craint plus d'être compromise... Soit! restez. Mais vous serez sage?

— Je travaillerai toute la nuit comme j'aurais travaillé à Paris.

— Vous avez donc un travail pressé?

— Oui, je suis rapporteur dans une affaire qui vient demain devant la chambre criminelle... Un pourvoi en cassation formé par l'assassin du prince Lavisine... Vous savez bien... ce Bérard condamné aux travaux forcés à perpétuité.

— Ah! oui, c'est vrai... A-t-on assez parlé de lui il y a six semaines!... Eh bien, je vais vous faire apprêter une chambre... Vous terminerez votre rapport et vous vous coucherez bien tranquillement après... C'est juré, n'est-ce pas?

— C'est juré.

XXX

Le conseiller eut quelque peine à se mettre au travail. Jamais Léa ne s'était montrée plus sédui-

sante, plus provocante que dans la journée qui venait de s'écouler. Il l'avait passée tout entière avec
elle, au jardin où ils avaient déjeuné sous la char-
mille; plus tard, lorsque la nuit était venue, dans
le salon de la villa, l'un près de l'autre, côte à côte,
se parlant à voix basse.

Pour la première fois, depuis cinq semaines
qu'ils ne se quittaient pas, elle lui avait permis
quelques libertés sévèrement interdites jusque-là :
des baisers rapides dans les cheveux, sur le cou,
sur les yeux. Une fois, même, comme si elle avait
perdu la tête et qu'elle n'eût plus conscience de ses
actes, elle l'avait laissé effleurer ses lèvres; mais
aussitôt, le repoussant, se dégageant, elle s'était
écriée :

« Non, non, je ne veux pas... je ne veux pas...
Laissez-moi, laissez-moi! »

Encore sous le charme des ivresses passées,
bercé par l'espérance des ivresses prochaines, le
conseiller, seul dans sa chambre, ouvrit donc avec
plus de résignation que de plaisir le dossier de l'affaire Bérard. Comme il regrettait alors de ne l'avoir
pas examiné plus tôt et d'être tellement en retard !
Mais, depuis quinze jours que ces pièces lui avaient

été confiées, absorbé par Léa, passant toutes ses journées auprès d'elle, il n'avait jamais trouvé un instant pour les parcourir. Maintenant, il ne pouvait retarder l'heure fatale.

Et, cependant, elle était là, dans la chambre voisine, séparée de lui seulement par un petit salon... Elle se couchait sans doute, enfiévrée comme lui... Personne dans la maison. L'obscurité, le silence partout, dans le jardin, le parc et la forêt. Une nuit chaude d'été, orageuse, avec quelques éclairs au ciel.

Habitué au travail, esclave du devoir, songeant à son président et aux collègues qui attendaient, le lendemain, son rapport, il parvint vers une heure du matin, à chasser toutes les idées qui le hantaient et, après avoir parcouru les pièces, lu certains passages essentiels, réfléchi quelques minutes, il se mit à écrire fiévreusement.

Il travaillait depuis une heure environ, lorsque, dans la maison silencieuse, il crut entendre une porte s'ouvrir et quelqu'un marcher.

Brusquement, il leva la tête.

Le bruit de pas se rapprochait. C'était le pas discret, léger d'un pied chaussé de fines pantoufles.

Léa venait-elle donc lui faire visite ?

La porte s'ouvrit doucement et elle parut, vêtue d'un simple peignoir, chaussée de sandales, ses beaux cheveux roux défaits et retombant sur ses épaules.

Il s'était retourné et, charmé, la regardait.

— J'ai lu jusqu'ici, dit-elle d'une voix douce, traînante, et avant de me coucher, j'ai voulu savoir si mon hôte ne manquait de rien.

— Ah ! vous êtes adorable !

En même temps, il courait à elle et la forçait à s'asseoir sur un fauteuil. Elle se laissa faire docilement, lui permit de la contempler, lui sourit de ses lèvres humides, le caressa d'un long regard attendri et finit par lui dire :

— Travaillez, travaillez, mon ami... Je ne suis pas venue ici pour vous déranger... Où en étiez-vous ?

— J'ai presque fini.

— Déjà ! Vos conclusions sont prises ?

— Je n'en ai pas à prendre... Un rapporteur ne conclut pas, il expose seulement à la Chambre l'état de la procédure.

— Ce qui ne l'empêche pas, fit Léa, d'être tout-puissant... Ne vous étonnez pas de mon savoir, vous m'êtes trop sympathique, vous occupez une trop grande place dans ma vie, pour que je n'aie pas pris quelques renseignements, mon conseiller, sur votre chère Cour de cassation... Le rapporteur ne conclut pas ouvertement, c'est l'affaire du procureur général, soit! Mais le rapporteur sait très bien donner son opinion. Il l'indique par la façon dont il présente les choses. Il a un tour de main particulier lorsqu'il veut faire triompher certaines causes de nullité présentées dans le pourvoi... Et vous excellez, cher ami, dans ce tour de main. On me l'a dit... Puis, lorsqu'il s'agit de voter et que les conseillers délibèrent, ils vous entourent, ils vous consultent. Bref, je vous le répète, vous êtes tout-puissant... Je suis curieuse. Quelle est votre opinion dans cette affaire Bérard ?

— Suivant moi, aucun des moyens fournis par le pourvoi n'est sérieux.

— Alors, on le rejettera et l'arrêt de la cour d'assises sera maintenu ?

— C'est probable.

— Eh bien, j'en suis désolée... Depuis que vous m'avez parlé de ce procès, il m'est tout entier revenu à l'esprit, et je me souviens que la condamnation de Bérard m'a fort étonnée.

— Moi, ma chère amie, j'ai relu toutes ces pièces sans éprouver le moindre étonnement.

— En vérité ?... Plusieurs dépositions de témoins m'avaient paru bien obscures cependant.

— Lesquelles ?

— Je ne sais plus... Elles doivent être dans ce dossier... Cherchons-les... Veux-tu ?

XXXI

Ils se mirent à feuilleter tous les deux le dossier Bérard : lui, assis devant la table où il avait écrit son rapport ; elle, debout, une main sur son épaule, le visage près du sien, le corps pelotonné contre lui.

— Voyons, faisait-elle en le caressant d'un tutoiement auquel il n'était pas habitué et qui le charmait, voyons, mon ami, la déclaration de ce témoin ne te frappe-t-elle pas ? « L'homme que j'ai vu fuir dans le parc Monceau, dit-il, m'a paru beaucoup, beaucoup plus grand que l'accusé et mieux vêtu que lui. »

— Continue, ma chère, et tu verras qu'il se dément quelques instants après... Tiens, ici.

— Parce que le président lui fait observer, d'une voix sévère sans doute, que dans l'instruction il a parlé autrement. Ce pauvre homme, un gardien du parc Monceau, a peur de perdre sa place s'il mécontente la justice, et finit par dire ce qu'on veut lui faire dire... C'est souvent comme cela.

— Non, mon ange, non, je t'assure que tu te trompes.

— C'est toi qui te fais des illusions, mon amour... Je sais comment cela se pratique... J'ai été interrogée par un juge d'instruction.

— Toi !

— Oui, moi... On me reprochait d'avoir contribué à la ruine du petit duc de X..., un mineur... J'avais beau dire : « Je ne le connais même pas, votre mineur... On ne me l'a jamais donné à garder. » Rien n'y faisait. Le juge me questionnait, me tourmentait, me retournait tellement, qu'à la fin, énervée, agacée, pour me débarrasser de lui, j'ai fini par m'écrier : « Eh bien, c'est comme vous voudrez ! » Ces mots, adroitement arrangés, enguirlandés, ont été considérés plus tard comme un aveu. J'ai passé pour avoir été la maîtresse du petit duc, qui ne m'a même jamais baisé le bout de l'oreille.

— Vraiment ?

— Parole d'honneur !... Oh ! s'il avait été mon amant, je te l'avouerais bien... Un de plus, un de moins... je ne comptais pas alors... Je ne compte que depuis le jour où je t'ai rencontré, depuis le jour où j'ai juré d'être honnête.

Il la regarda tendrement. Elle continua :

— Oui, il faut être rudement fort, vois-tu, pour lutter contre un juge d'instruction. Il vous enferme avec lui et un greffier, son complice, et fait de vous ce qu'il veut... Le prévenu ne devrait-il pas avoir auprès de lui son avocat, ou un conseil qui l'empêcherait de s'enferrer et de dire trop de bêtises? Dans la plupart des pays, l'instruction est publique ; chez nous, elle est secrète, silencieuse, occulte... Ce n'est pas juste ! Non, ce n'est pas juste !

— Tu parles très bien. Où as-tu pris tout cela ?

— Dans ma tête. Est-ce que tu me crois incapable de pensées sérieuses ?

— Nullement, fit-il.

Et, pour mieux protester, il saisit dans ses mains la jolie tête qui se baissait vers lui et l'embrassa longuement, partout. La tête se laissa faire.

— Travaillons, dit Léa en se dégageant... Tiens, je te signale encore ce point du procès... L'accusation reproche à Bérard d'avoir menacé le prince Lavisine à plusieurs reprises, et elle en conclut qu'il a mis ses menaces à exécution... Eh bien ! c'est insensé. Les menaces de Bérard prouvent qu'il est innocent.

— Comment cela, mon adorable avocat ?

— Évidemment... Suis bien, mon ange... Il est sorti de chez lui avec une bombe de dynamite, n'est-ce pas ? L'instruction l'établit, quoique ce ne soit pas établi du tout... Mais je ne veux pas la contrarier... Il a sa petite bombe dans sa poche, soit ! Il est donc décidé, résolu à s'en servir. Et que fait-il ? Il s'assied dans un café, il demande à haute voix du papier, une plume, de l'encre, il écrit au prince une lettre menaçante, il met l'adresse, puis

il appelle un garçon et lui dit: « Portez ça en face,
chez le prince Lavisine. » Chez l'homme qu'il va
tuer un instant après !... Ce Bérard serait stupide alors... et il n'est pas stupide, au contraire.

— Il est violent, ma chère amie.

— Violent ! Quelles preuves de violence a-t-il
données ? Ses menaces ! Les violents ne menacent
pas : ils frappent sans prévenir. Tu n'as donc jamais
remarqué, mon grand chéri, deux hommes qui se
disputent dans la rue ?... Moi, je m'arrête toujours,
ça m'amuse, ça me monte la tête... Il y en a un qui
se met les poings sur les hanches en criant : « Toi,
je vais te démolir, te découdre, te défoncer. » Celui-
là ne bouge jamais, c'est l'autre qui bouge... Il
écoutait en silence, il ne répondait pas ; tout à coup,
la colère le gagne, il tombe sur son adversaire et
le frappe... Voilà le violent... Ton Bérard est un
mouton, et c'est ce mouton que tu veux faire envoyer
au bagne !... Ah ! j'avais de toi une meilleure opinion.

Et, brusquement, elle s'éloigna de lui.

XXXII

Le conseiller s'était levé, avait rejoint Léa et lui prenant les mains :

— Tu as tort de m'en vouloir, faisait-il de sa voix la plus douce. Je n'ai pas à savoir, ma chère amie, si ce Bérard, dont tu prends la cause aujour-d'hui, était ou n'était pas innocent. Je suis seule-ment chargé de dire si, d'après moi, dans le cours du procès, la loi a été bien observée.

— Eh bien, l'a-t-elle été ?

— Oui.

— Cependant le pourvoi de Bérard s'appuie sur quelque chose... Sur quoi ?

— Sur rien de sérieux... On prétend qu'un juré, contrevenant à l'article 343 du code d'instruction criminelle, est sorti de la chambre des délibérations, avant d'avoir formé sa déclaration... Le fait n'est pas établi, et, en tout cas, ce juré n'a communiqué avec personne.

— C'est tout?

— On se plaint aussi que le défenseur ayant demandé la comparution de la princesse Lavisine, femme de la victime, le président ait refusé de faire droit à cette demande tardive.

— Eh bien, il a eu tort le président... Pourquoi n'a-t-on pas entendu la princesse? On a eu peur de la déranger.

— Non; par un motif de convenance facile à comprendre, le président a cru devoir se contenter de la déposition écrite. Le défenseur était prévenu et n'a fait aucune observation... C'est seulement dans le cours des débats qu'il s'est pris à regretter cette absence... Si on voyait là une cause de nullité, dès qu'un avocat sentirait la partie perdue, il invoquerait le témoignage d'un témoin introuvable, et la moitié des affaires serait renvoyée à une autre session ou la plupart des arrêts cassés.

— Où serait le mal? Moi je trouve que c'est trop commode de se contenter d'une déclaration écrite...

10

Il faut voir la tête des témoins, les entendre parler,
juger de leur physionomie... Tiens, suppose, mon
chéri, que je t'écrive : « Je t'aime ». Tu doutes
peut-être. Mais, si je me penche vers toi, comme
je le fais en ce moment, et que mes yeux dans tes
yeux, ma bouche contre ta bouche, je murmure :
« Je n'ai jamais aimé que toi » ; tu me crois, n'est-
ce pas ?

— Oui, je te crois, fit-il transporté.

— Eh bien, crois-moi encore lorsque je te dis que
nous venons de découvrir une cause de nullité des
plus sérieuses.

— Quel intérêt portes-tu donc à ce Bérard ?

— Un intérêt irraisonné, ridicule, stupide... C'est
de l'entêtement, soit ! Je suis entêtée comme une
petite mule... Puis, on te dirait décidé à me con-
trecarrer, à ne pas vouloir m'être agréable.

— Comment supposes-tu ?

— On croirait vraiment que je te demande de
commettre une mauvaise action... Un homme a
été condamné. Il y a des doutes, dans ton esprit,
sur sa culpabilité... Ne réponds pas, je te dis
qu'il y en a... Eh bien, il s'agit, avec des petites
phrases, habilement tournées, un joli petit tour de

main, de faire casser l'arrêt qui le condamne et de le renvoyer devant un autre jury... Et tu refuses, lorsque cela me ferait tant de plaisir !

Maintenant, elle le tenait étroitement pressé, fondant son corps dans le sien. Ses longs cheveux roux dénoués lui frôlaient le visage, son regard de fauve, suivant l'expression de sir Gardiner, le caressait, le fascinait. Elle coulait ses épaules hors du peignoir, elle laissait jaillir du corsage entr'ouvert sa poitrine forte, raide, superbe.

— Enfin, que veux-tu ? murmura-t-il affolé.

— Je veux que pour me plaire, seulement pour me plaire, tu déchires ce rapport et que tu en écrives un autre, là, sous mes yeux... Donne-moi cette preuve d'amour, je t'en supplie... Tu hésites encore ? Tiens ! je déchire moi-même.

Et, vivement, elle déchira le rapport en quatre morceaux.

Il ne protesta pas.

— Maintenant, fit-elle, présente les choses d'une autre façon... Développe les causes de nullité, en laissant comprendre qu'elles sont assez sérieuses pour faire casser l'arrêt de la cour d'assises... Voyons, dépêche-toi... Nous n'allons point passer la nuit, j'imagine, à faire des rapports ?

Il se mit à écrire vivement, fiévreusement, tandis qu'elle lisait par-dessus son épaule.

— Bien... bien, disait-elle de temps à autre... C'est cela... Insiste, insiste sur ce point... Sois plus affirmatif... Parfait ! tu as trouvé l'expression vraie.

Et, pour le récompenser, elle lui prenait la tête à pleines mains et l'embrassait à pleines lèvres.

Enfin il déposa la plume et dit :

— J'ai terminé... Es-tu contente ?

— Enchantée, fit-elle.

Elle s'empara du rapport nouveau et courut dans sa chambre à coucher en criant :

— Viens le chercher.

XXXIII

Le conseiller rapporteur ne quitta Maisons-Laffitte que le lendemain, vers neuf heures du matin. Il avait juste le temps de rentrer chez lui, rue de Lille, de changer ses vêtements de campagne contre une toilette en harmonie avec ses occupations de la journée et de se rendre au Palais de Justice.

A peine fut-il parti que Léa sautant de son lit, se fit habiller et prit à son tour le chemin de fer. A onze heures, elle se présentait chez sir Hanley-Gardiner.

— Eh bien, demanda-t-il, quand il la vit, avez-vous réussi ?

— Tout à fait, mon cher. Il est à nous... Mais quel mal ! Le mois que je viens de passer comptera dans mon existence !

Il prit sur son bureau une enveloppe assez volumineuse, toute préparée, et, la lui présentant :

— Permettez-moi de vous offrir les moyens de vous distraire maintenant.

— Merci, dit-elle en acceptant sans plus de façon... Je crois que je partirai demain pour Dieppe. J'en ai assez de Maisons-Laffitte et de son propriétaire... Quelle figure il va faire en ne me retrouvant pas ! Pauvre ange !

Sans espoir, par acquit de conscience, elle

10.

crut devoir se livrer à quelques coquetteries vis-
à-vis de sir Gardiner ; mais il ne parut même pas
s'en apercevoir. Pour se consoler, en se retirant,
elle tâta la précieuse enveloppe.

Vers midi, sir Hanley se fit conduire au Palais
de Justice. Il ne doutait pas du succès : toutes les
démarches tentées auprès des conseillers les plus
influents avaient réussi. La femme de M. X..., sé-
duite par l'appât d'une présidence prochaine, avait
promis non seulement la voix de son mari, mais
celles de trois ou quatre collègues qui votaient toujours comme lui. Quant à la conseillère prodigue
et endettée, en devenant l'obligée de l'émissaire
que lui avait envoyé sir Gardiner, elle s'était enga-
gée à rendre le service qu'on lui demandait. Enfin,
grâce à Léa, on pouvait compter sur le rapporteur,
qui exerçait une véritable autorité sur ses collègues.

Bientôt, sir Gardiner, après avoir traversé la
nouvelle galerie Saint-Louis, entrait dans la chambre criminelle de la Cour de cassation.

« Quelle mise en scène ! se dit-il en jetant un coup
d'œil autour de lui. La justice a-t-elle donc besoin
de tant d'appareil pour se faire respecter ? » En effet,
il ne voyait que peintures, dorures, sur les mu-

railles et au plafond. On se serait cru à Versailles,
dans les appartements de Louis XV.

Au fond de ce salon ou plutôt de cette galerie,
qui allait en montant comme la scène d'un théâtre,
les conseillers dans leurs robes noires des séances
ordinaires, mais avec leurs toques surchargées de
galons d'or, formaient une sorte de demi-lune, de
croissant. Étendus, presque couchés sur leurs
sièges, ils avaient tous l'air de dormir.

« C'est le temple du sommeil », se dit encore sir
Gardiner. Américain dans l'âme, il critiquait volontiers la vieille Europe.

Il se glissa dans l'enceinte réservée au public,
très clair-semé du reste, et parvint à s'asseoir facilement. Il n'avait qu'une préoccupation : apporter
la bonne nouvelle à Mlle Bérard, qu'il avait suppliée
de rester chez elle et de ne pas se donner en spectacle aux curieux du Palais de Justice.

Bientôt, l'affaire Bérard fut appelée et la parole
donnée au rapporteur.

Calme, grave, blême, les traits tirés, de la voix
sèche, tranchante qui lui était habituelle, il se mit
à lire son rapport.

Sir Hanley écoutait d'un air étonné. Il finit par

se pencher vers un jeune avocat stagiaire assis près
de lui et dit :

— Il me semble que le rapporteur ne fait pas
beaucoup valoir les causes de nullité.

— Vous pouvez dire, monsieur, répondit l'avocat, qu'il ne les fait pas valoir du tout... Il est évidemment hostile au pourvoi. Il ne le dit pas, parce
qu'il n'a pas le droit de le dire; mais nous sentons ça,
nous autres, et ceux des conseillers qui ne dorment
pas le sentent aussi.

« Léa m'aurait-elle trompé? » murmura l'Américain.

Le rapporteur ne parlait déjà plus.

— Comment, il a fini? reprit sir Gardiner.

— Mon Dieu oui, reprit l'avocat stagiaire. Il
ne lui fallait pas beaucoup de temps pour lire un rapport écrit, en quelques instants, depuis qu'il est
assis sur son siège.

« Décidément, je suis volé », soupira pour la
seconde fois le pauvre sir Hanley.

Bientôt, en effet, après avoir entendu l'avocat
général et l'avocat de Bérard qui parla sans cha-
leur, sans conviction, comme parlent les avocats
à la Cour de cassation, tous les conseillers se levè-

rent et se rangèrent en rond autour du président et du rapporteur. On ne faisait même pas à l'affaire les honneurs du délibéré. Le président se contentait, suivant l'expression consacrée, de *rassembler* les juges.

Ils opinèrent du geste et du bonnet et ce fut fini.

Le pourvoi de Bérard était rejeté, c'est-à-dire la condamnation aux travaux forcés, prononcée par la cour d'assises, maintenue.

Sir Gardiner, avant d'apprendre la triste nouvelle à Mlle Bérard, courut chez Léa pour exhaler sa colère.

XXXIV

Il la surprit au milieu de ses préparatifs de départ. Aidée de sa femme de chambre, elle entassait robes sur robes dans des malles gigantesques.

— Toi! s'écria-t-elle... Qu'est-il donc arrivé? Tu parais furieux.

— Il y a de quoi... Tu m'as trompé ou ton conseiller s'est moqué de toi.

— Lui! Ce n'est pas possible.

— C'est certain... Non seulement il ne nous a pas été sympathique, mais il s'est montré hostile.

— Allons donc!... J'ai lu son rapport, et je te jure qu'il était excellent.

— Quand l'a-t-il écrit?

— Cette nuit.

— Et il est retourné aussitôt à Paris?

— Pas tout de suite, murmura Léa, qui baissa les yeux et rougit autant qu'elle pouvait rougir.

Sir Gardiner comprit.

— Eh bien, s'écria-t-il, il faut avouer que tu n'es pas forte... Comment, tu n'as pas eu l'intelligence de rester vertueuse vingt-quatre heures de plus... Ces Parisiennes si renommées!... Aux États-Unis, nos jeunes filles sont plus expérimentées... Elles *flirtent* pendant des années entières avec celui qui leur a promis mariage. Mais rien de plus, tant que le mariage n'est pas célébré, la promesse tenue.

Léa ne répondit pas : elle se sentait coupable.

Sir Gardiner continua :

— En te quittant ce matin, ton conseiller n'avait plus rien à désirer... Tout naturellement, son exaltation qui le mettait sous ta dépendance a disparu, le calme s'est fait en lui... et le magistrat raisonneur, froid, méthodique, a remplacé l'homme amoureux, passionné la veille, rassasié maintenant... Il ne voyait que toi hier ; aujourd'hui, il ne connaît plus que le code... Ses sens seuls parlaient depuis un mois ; sa conscience s'est mise à discourir. Elle lui a dit : « Que vas-tu faire ? Comment, pour une femme, une *cocote*, tu es sur le point de trahir tes devoirs de magistrat ! » Alors il a déchiré le second rapport comme il avait déchiré le premier, et il en a fait un troisième... Tu aurais dû le prévoir... Puis, furieux contre lui, furieux d'avoir été sur le point de faillir il s'est montré d'autant plus hostile qu'il avait été un instant favorable. C'est humain, cela !... Allons ma fille, je te conseille de retourner à l'école.

Elle n'osa pas lui répondre, mais la colère, qui grondait en elle, se tourna contre le conseiller.

— C'est infâme ! C'est infâme ce qu'il a fait là ! s'é-

cria-t-elle... Est-ce que j'aurais jamais pu penser
qu'un magistrat français, un conseiller à la Cour de
cassation, *me poserait un lapin?*

Cette phrase comique, que Léa prononça très sérieusement, cette expression à la mode dans un certain monde : poser un lapin, c'est-à-dire ne pas donner à une femme ce qu'elle espère, ce qu'elle attend,
fit tomber la colère de l'Américain, et il se mit à
rire.

Léa n'en devint que plus furieuse.

— Je me vengerai! disait-elle. C'est mon premier lapin ; sois tranquille, je ne l'avalerai pas. Je
vais retourner à Maisons-Laffitte et couper tous les
arbres de sa propriété.

— Il te fera un procès qu'il gagnera, répondit
tranquillement sir Gardiner.

— Je le perdrai de réputation... Je dirai partout
ce qui s'est passé entre nous.

— C'est de toi qu'on rira, ma chère amie.

— J'écrirai dans les journaux.

— Ils déchireront ta prose... Gare aux procès en
diffamation.

— Eh bien, j'aurai l'air de ne pas lui en vouloir,
de l'aimer encore ; je lui donnerai un nouveau ren-

dez-vous, et cette fois je te réponds qu'il n'aura pas l'esprit tranquille, l'imagination reposée lorsqu'il me quittera.

— Ce sont tes affaires; en attendant, tu n'as guère fait les miennes.

Elle eut un bon mouvement; elle ouvrit le tiroir d'une table, prit l'enveloppe remplie de billets de banque qu'elle avait reçue le matin, et, la remettant à sir Gardiner, elle lui dit:

— Tiens, je n'ai pas gagné ça.

— Ah! tu m'ennuies! fit l'Américain. Je ne reprends jamais ce que j'ai donné... Puis, vraiment, je te dois un dédommagement pour le mois que tu viens de passer et surtout ta dernière nuit.

Comme il prenait congé, elle lui dit tristement:

— Alors le pourvoi est rejeté et la condamnation de ce pauvre Bérard maintenue?

— Hélas!

— J'en suis désolée, puisqu'il t'intéresse.

— En effet, il m'est très sympathique.

— Sa fille aussi, n'est-ce pas? ajouta-t-elle entraînée par un léger mouvement de jalousie.

Il pâlit, releva brusquement la tête et, d'une voix grave, laissa tomber ces mots:

11

— Si vous désirez, ma chère Léa, pouvoir compter sur moi à l'occasion, je vous conseille fort de ne
jamais prononcer le nom de Mlle Bérard, pour qui j'ai
la plus grande estime, le plus profond respect.

XXXV

— Je n'ai pas besoin de vous interroger, dit Mlle
Bérard, après avoir ouvert la porte de son modeste
logement à sir Hanley-Gardiner. A votre regard,
je devine que nous n'avons pas réussi.

Il ne répondit pas et se laissa tomber sur une
chaise. Elle le rejoignit et, lui prenant la main :

— Ne vous désolez pas, mon ami, fit-elle. Je
m'attendais à ce triste résultat. Je l'avais prévu ;
je vous l'ai annoncé.

— Cependant, on m'avait promis...

— Qui? Nos juges? Non, aucun ne s'est engagé.

Sur douze personnes, vous avez tout d'abord été
obligé de reconnaître que neuf d'entre elles n'écou-
teraient même pas vos propositions, qu'elles repous-
seraient les offres les plus séduisantes... Alors vous
vous êtes adressé aux trois autres... Qu'est-il arrivé ?
Obéissant à une pression quelconque, dominés par
une volonté à laquelle ils ne pouvaient résister, ils
ont fait des promesses avec l'intention peut-être de
les tenir... Mais, redevenus magistrats, sous leurs
robes, sous leurs toques dorées, sur leurs sièges, au
milieu de tout cet appareil, de cette mise en scène
nécessaires peut-être à certains hommes pour leur
rappeler la grandeur de leur mandat et leur imposer
le sentiment du devoir, ils n'ont plus vu que ce devoir et ont oublié tout le reste.

— Oui, fit-il à voix basse ; avec votre tact
exquis, vous définissez parfaitement ce que j'essayais tout à l'heure d'expliquer en d'autres termes... Allons, ajouta-t-il, il faut en prendre mon
parti, je suis battu. Je ne connais pas encore
assez votre pays, paraît-il... En Amérique, j'aurais
triomphé.

— C'est que l'Amérique est plus jeune que la
France... Elle n'a pas une école de magistrats

honnêtes non seulement par devoir, mais par
tradition et voulant à tout prix conserver leur
vieille renommée... Ne vous étonnez pas de m'entendre parler ainsi. Mon père, victime aujour-
d'hui de la justice, m'avait appris depuis longtemps
à la respecter.

— Croyait-il donc tous les magistrats incorrup-
tibles ?

— Non. Quelques-uns obéissent à certaines
pressions politiques qui souvent les égarent. Mais
il n'est pas d'exemple que, pour satisfaire un intérêt personnel, ils trafiquent de leur conscience...
Cette question est épuisée, mon ami. Maintenant,
qu'allons-nous faire ? Que va-t-il devenir, lui ?
Vous n'êtes pas découragé, n'est-ce pas ?

— Moi ! s'écria-t-il. Ah ! vous ne me connaissez
pas. Les défaites, les échecs me remontent au
contraire. Je ne suis que plus ardent à la lutte,
plus opiniâtre à vouloir triompher... Je délivrerai
votre père, je sauverai votre père. Je vous l'ai dit,
je le répète... Mon temps, ma fortune, ma vie sont
à vous !

— J'ai accepté, dit-elle doucement, le sacrifice
de votre temps. Mais votre fortune...

— Ah ! fit-il en l'interrompant, vous n'êtes donc pas mon amie ?

— Si ; mais ma pauvreté me rend plus susceptible peut-être qu'il ne faudrait sur certains points.

— Votre pauvreté ! Si votre père y consent, vous serez riche demain.

Elle le regarda étonnée, toute tremblante. Elle croyait deviner ce qu'il allait dire. Il la détrompa.

— Oui, continua-t-il, vous serez riche si votre père veut vendre à une Compagnie américaine, que j'ai déjà constituée, le secret de sa nouvelle découverte, de son invention dernière.

Elle sourit et dit :

— Je crois bien que vous êtes à la fois le directeur, le conseil d'administration et l'unique actionnaire de cette Compagnie... En fait d'invention, c'est vous qui avez inventé... une façon de me rendre service sans que je me croie votre obligée, un stratagème pour ménager mes susceptibilités. C'est une nouvelle délicatesse de votre part.

Il allait répondre ; elle l'arrêta d'un geste :

— Eh bien, dit-elle, vos délicatesses, votre générosité, votre désintéressement m'indiquent la conduite que je dois tenir... Écoutez-moi bien... Je

veux remplir un devoir sacré, sauver mon père,
arracher des mains de la justice une de ses victimes, lui ouvrir des portes qu'on croit à tout
jamais fermées. C'est une tâche difficile, périlleuse,
hérissée d'obstacles.

— Nous les vaincrons !

— Par suite d'un coup imprévu, mon père, qui
avait vécu jusqu'à ce jour à son gré, libre d'aller
à droite, à gauche, de travailler, de se reposer, de
courir la campagne, de se chauffer au soleil, de
serrer la main d'un ami, de me presser dans ses
bras, de vivre à mes côtés... mon père est privé
de toutes ces libertés, de toutes ces joies !... S'il
veut respirer on lui dira : « Respire dans cet ate-
lier, entre ces quatre murs, dans cet entre-pont de
navire, dans ce cachot peut-être... » S'il veut dormir, on lui criera : « Lève-toi... » S'il veut se reposer... rêver... on lui ordonnera de travailler...
S'il demande à m'embrasser, on lui répondra : « Ce
n'est pas le jour, ce n'est pas l'heure. Laisse-nous
donc tranquilles, tu n'as pas de fille, tu n'as plus
rien, tu n'es plus rien... Tu as conservé peut-être
une volonté, nous la briserons... un corps, nous
l'épuiserons... une âme, nous la tuerons... Tu ne

t'appartiens plus, tu nous appartiens à nous administration pénitentiaire... Tu n'as plus de nom ;
tu as un chiffre !... » Eh bien ! je ne veux pas,
non, je ne veux pas qu'il en soit ainsi... Je veux
leur arracher leur victime, leur esclave, leur chose,
leur proie !

XXXVI

Après un moment de silence, se tournant vers
sir Gardiner, Mlle Bérard reprit d'une voix plus
calme :

— Sans vous, mon ami, je n'aurais peut-être
jamais atteint le but que je me suis fixé... J'étais
seule dans la vie, sans famille, sans relations, sans
soutien, sans argent... On dit que je suis jolie, on
m'a même donné un surnom que je n'ose répéter

tellement je le trouve exagéré... Cette beauté
à laquelle on fait allusion, si elle existe, croyez
bien qu'elle m'exposait à plus de dangers encore...
Elle m'eût donné des protecteurs peut-être ; aucun
ami désintéressé... Eh bien, j'ai eu ce rare
bonheur que, dans ma peine, au moment du plus
grand désespoir, vous êtes venu me tendre la
main et me dire : « Disposez de moi, je vous suis
tout dévoué... » Je vous ai regardé, je vous ai
écouté, j'ai cru reconnaître en vous un honnête
homme qui respecterait toujours mon infortune,
mon isolement, ma pauvreté... et j'ai mis ma main
dans la vôtre.

Il se taisait. Elle continua.

— Vous m'apportiez votre influence, j'ai accepté...
Votre fortune, j'ai hésité... Je comprends, maintenant que, pour triompher des obstacles qui m'entourent, une partie de cette fortune m'est nécessaire... D'autres sœurs, d'autres filles, d'autres
femmes se sont peut-être déjà trouvées dans la
même situation que moi. Il s'agissait pour elles de
sauver un innocent ou quelqu'un qu'elles croyaient
innocent. Elles n'ont pu y arriver parce qu'elles
étaient pauvres... On ne lutte pas avec rien contre

des gens qui ont tout... On ne lutte pas sans armes
contre des gens si bien armés... Les magistrats ne
se vendent pas, nous le disions tout à l'heure, mais
la justice ne se rend pas gratis... On donne aux
pauvres gens des avocats d'office ; ce ne sont pas
les meilleurs... On vous condamne à la prison, au
bagne, sans vous demander d'argent ; mais si vous
voulez sortir de la prison, du bagne, prouver votre
innocence, faire des démarches, des enquêtes, de
nouveaux procès, cela prend du temps, cela coûte
cher !... L'assistance judiciaire ne suffit pas...
Les malheureux s'usent à la peine ; ils meurent
épuisés, avant d'avoir triomphé... Je veux triompher, moi... Et j'accepte aujourd'hui, franchement,
sans arrière-pensée, sans nouvelles hésitations,
toutes les ressources qui me sont indispensables
et que vous m'offrez... à une condition cependant.

— Laquelle ?

— Vous accepterez, en échange, le dévouement
absolu de mon père et le mien... Vous compterez
sur lui et sur moi comme nous comptons sur vous...
Quand il sera libre, son temps, son intelligence,
son travail vous appartiendront... et moi... moi, je
vous serai dévouée jusqu'à la mort.

11.

Il répondit simplement :

— Eh bien, c'est entendu... Signons le pacte pour n'y plus revenir.

En même temps, il lui tendait la main.

— Non, fit-elle, une poignée de main ne suffit pas, le pacte est trop sérieux... Embrassez-moi, mon frère, voulez-vous ?

A cette proposition, sir William Hanley-Gardiner, l'Américain cent fois millionnaire, le rédacteur en chef des journaux les plus importants du monde, le Parisien que beaucoup de gens prenaient pour un blasé, rougit comme une jeune fille, et ses longues jambes se mirent à trembler.

Mais, comme Jeanne Bérard s'était avancée vers lui, il se baissa, ferma les yeux et posa ses lèvres sur le front de la jeune fille.

Quand il se redressa, ses couleurs avaient disparu, il était tout pâle.

Elle s'était éloignée et disait maintenant :

— Revenons à notre point de départ... Qu'allons-ous faire ?

— Mettre tout en jeu pour le sauver ! dit-il.

— Qu'entendez-vous par là ? Qu'espérez-vous ? Obtenir sa grâce peut-être ?

— Je compte la demander.

— On ne vous l'accordera pas... Sous un régime parlementaire, aucun ministre en France n'oserait proposer la grâce d'un condamné aux travaux forcés à perpétuité qui n'a même pas commencé sa peine... On accuserait, et avec raison, le gouvernement de se moquer du jury et de la justice.

— Ne pourrais-je pas, reprit-il, obtenir une commutation de peine, c'est-à-dire la réclusion, par exemple, au lieu du bagne? Il resterait en France, vous pourriez le voir, et nous aurions le temps d'agir.

— J'y ai songé, et, grâce à votre influence, vous réussiriez, je crois, si mon père avait été condamné pour un de ces crimes qui n'ont pas de retentissement dans le public. Mais le bruit qui s'est fait à la mort du prince Lavisine, au moment du procès, interdit à l'administration certaines faveurs toutes spéciales, exceptionnelles... Je me suis renseignée sur tous ces points auprès de l'avocat de mon père. On m'a fait aussi remarquer que l'ambassade de Russie s'étonnerait et se plaindrait peut-être, si on se montrait indulgent envers le meurtrier d'un sujet russe en évidence dans son pays et ami personnel du czar. Enfin, mon ami, j'ai un autre aveu à vous faire.

— J'écoute.

XXXVII

Il s'était assis tout près d'elle pour la mieux entendre. Elle reprit :

— Je vous avouerai qu'après y avoir beaucoup réfléchi, je ne désire pas la commutation de peine dont vous parlez. J'aime encore mieux pour mon père les travaux forcés que la réclusion.

— Pourquoi? demanda-t-il.

Elle se rapprocha encore davantage de sir Gardiner et dit à voix basse :

—Parce qu'on ne peut pas se sauver d'une maison centrale et qu'on se sauve du bagne.

— Ah ! fit-il. Vous avez songé à une évasion ?

— Oui, depuis longtemps... Et vous ?

— Moi aussi... Je me disais : Si le pourvoi est rejeté, si aucune de mes démarches ne réussit, il me restera l'évasion... L'évasion ! c'est-à-dire la possibilité de lui prêter un concours actif, de payer de ma personne, d'exposer ma vie s'il le faut pour elle... pardon, pour eux.

Après l'avoir remercié d'un regard :

— Avez-vous songé, mon ami, demanda-t-elle, que votre liberté pouvait être aussi compromise ?

— Ma liberté ?

— Oui... J'ai été conduite à étudier le code pénal au point de vue des évasions, et vous allez voir vous-même ce qu'il dit.

Elle se leva, prit un livre posé sur une table, le feuilleta quelque temps, et, indiquant un passage à sir Gardiner :

— Lisez ces articles 240 et 241 du code pénal... Tenez, là...

Il lut : « Si les évadés, ou l'un d'eux, sont préve- « nus ou accusés de crimes de nature à entraîner « la peine de mort ou des peines perpétuelles, ou « s'ils sont condamnés à l'une de ces peines... »

— Vous entendez bien : condamnés à des peines

perpétuelles... C'est le cas de mon père... Continuez.

Il reprit : « Ceux qui étaient chargés de leur « garde seront punis d'un an à deux ans d'empri- « sonnement, en cas de négligence, et des travaux « forcés à temps en cas de connivence. »

— Eh bien, fit-il observer, cela ne me concerne pas. Je ne suis pas chargé de la garde des prisonniers.

— Continuez donc. Vous prétendiez dernièrement avoir étudié nos lois pendant vos voyages en mer ; vos études sont incomplètes.

Il lut encore : « Les individus non chargés de la « conduite ou de la garde qui auront facilité ou « procuré l'évasion seront punis d'un emprisonne- « ment d'un an au moins et de cinq au plus. »

— Vous voyez.

— Je vois, fit-il gaiement. Mais ce n'est pas très effrayant : cinq années... d'autant plus que j'aurai le minimum : deux ans.

— Achevez donc.

Cette fois, il lut à voix basse ; puis, après avoir fermé le Code, il dit :

— Oui, oui, je sais maintenant... Si l'évasion

a été tentée avec violence ou bris de prison, si elle a été favorisée par transmission d'armes, les gardiens qui y auront participé seront punis dès travaux forcés à perpétuité, et les personnes étrangères... moi par exemple aux travaux forcés à temps.

— Vous avez parfaitement compris, mon ami, dit-elle. J'ajouterai que toute personne qui favorise une évasion doit tout prévoir : le bris de clôture et la résistance à main armée du prisonnier, lorsque sur le point d'être libre, il se voit arrêter.

— Evidemment, il faut prévoir cela... Eh bien, voilà tout... J'encourrai la peine des travaux forcés à temps... Un homme tout aussi honnête que moi et plus intéressant, a bien été condamné à perpétuité... et encore, il était innocent, lui, de toute faute, tandis que moi, je serai coupable... d'après le Code... Ah çà, ajouta-t-il, vous me prenez donc pour un enfant, et vous essayez de m'effrayer ?

— Ce ne serait pas mon intérêt, fit-elle. Mais je devais vous avertir des risques que vous couriez, vous bien faire connaitre tous les dangers auxquels votre dévouement vous expose.

— Je les connais et je m'en moque, dit-il en

riant. Puis, redevenu sérieux : Votre père est
toujours enfermé, au dépôt des condamnés, à la
Grande-Roquette ?

— Oui, mais il n'y restera pas longtemps...
Depuis le rejet de son pourvoi, il est définitive-
ment condamné et il fera partie du premier convoi
qu'on dirigera vers la Nouvelle-Calédonie.

Elle essuya une larme qui venait de jaillir de ses
yeux et, se tournant tout à coup vers sir Gardiner :

— Vous savez, dit-elle, que j'irai là-bas le retrouver !... Je veux vivre dans le pays qu'il habi-
tera. Je veux qu'il me sache près de lui.

Il ne parut nullement étonné et répondit avec le
plus grand calme :

— Nous partirons quand vous voudrez.

— Quoi ! vous m'accompagnerez ?

— Certainement !... Que deviendriez-vous là-bas
sans moi ? Voyons, est-ce que vous allez encore
faire des difficultés ? Vous oubliez donc notre pacte.

— Non, dit-elle, et je serai franche : j'avais
compté sur vous.

— A la bonne heure... Mais, avant d'entreprendre
ce voyage... une plaisanterie pour moi... une fati

gue pour vous... je compte me rendre à la prison où est enfermé votre père.

— Pourquoi ?

— Pour savoir s'il est absolument nécessaire que nous allions en Nouvelle-Calédonie.

XXXVIII

Le lendemain, vers trois heures de l'après-midi, un coupé de maître, très simple, mais admirablement tenu, attelé de deux chevaux de sang, s'arrêta sur la place de la Roquette, à l'endroit où se dresse la guillotine, les jours d'exécution.

Un homme de trente à trente-cinq ans descendit du coupé, passa devant la sentinelle et, entrant à gauche dans la loge du portier, demanda M. X..., le directeur de la prison.

— Je vais vous faire conduire chez lui, monsieur, dit

le portier guichetier, un ancien soldat qui portait la tunique des gardiens des prisons de la Seine et tenait à la main un trousseau de clefs.

Un second gardien s'était levé et priait l'étranger de le suivre.

Ils traversèrent une cour, prirent un petit escalier à gauche et montèrent quelques marches.

— Entrez, dit une voix, lorsque le gardien eut frappé à la porte.

Ils étaient arrivés dans le cabinet du directeur.

Celui-ci, encore jeune, de taille moyenne, bien bâti, au regard énergique, se leva, fit signe au gardien de se retirer et salua son visiteur.

— Monsieur, dit l'étranger en tirant de sa poche deux enveloppes qu'il présenta, je vous prie de vouloir bien prendre connaissance de ces deux lettres : l'une du préfet de police, l'autre du chef de la première division à la préfecture.

Le directeur parcourut rapidement les lettres et, levant la tête :

— Vous êtes sir William Hanley-Gardiner, monsieur ?

— Oui, monsieur.

— Je connaissais beaucoup votre nom et je suis heureux de vous connaître de vue.

L'Américain s'inclina.

— Vous désirez visiter la maison dans tous ses détails ?

— Oui, si vous n'y voyez aucun obstacle.

— Je n'en vois aucun, et, du reste, vous êtes autorisé et recommandé de la façon la plus spéciale... M. le préfet de police me dit que vous comptez faire dans vos journaux une étude comparative entre les prisons françaises et les prisons des États-Unis... Je désire que cette comparaison soit à notre avantage et je me mets à vos ordres.

— Je vous remercie, monsieur.

— Si vous le voulez bien, sans perdre de temps nous nous rendrons au préau. Les détenus s'y trouvent réunis en ce moment et vous aurez d'abord une vue d'ensemble.

— Parfaitement. Je vous suis.

Ils descendirent le petit escalier, firent quelques pas dans la première cour, déjà traversée par sir Hanley, et se trouvèrent devant la grille de la prison proprement dite.

Un gardien placé derrière cette grille l'ouvrit

aussitôt en apercevant le directeur et se découvrit.

Ils laissèrent le parloir à gauche, prirent à droite,
traversèrent la salle du greffe et, après avoir poussé une porte, se trouvèrent dans une pièce étroite,
où l'on ne voit contre les murs blanchis à la chaux
qu'une chaise, une table et un banc.

— Je vous prie, dit le directeur en se tournant
vers sir Hanley, de jeter un coup d'œil sur cette
pièce la plus intéressante peut-être de la maison,
celle où se passent les scènes les plus dramatiques.

— Ah vraiment! quelles scènes?

— C'est ici que l'exécuteur des hautes-œuvres
et ses aides font au condamné à mort ce qu'on
est convenu d'appeler la dernière toilette.

— Cette toilette consiste, n'est-ce pas, à couper
les cheveux du condamné? demanda sir Gardiner.

— Non, plus maintenant... On lui coupe les
cheveux à son arrivée dans la maison et dès qu'ils
repoussent, comme à tous les autres détenus...
C'est une question d'humanité... Cette coupe de
cheveux prenait trop de temps... L'exécuteur des
hautes-œuvres se borne maintenant à déchirer
vivement le col de la chemise et à ligoter plus vi-

vement encore, avec des cordes, le condamné...
Quelques secondes suffisent pour cette triste opération.

— Permettez-moi de prendre des notes, dit
sir Gardiner en tirant un calepin de sa poche ;
ces détails intéresseront les lecteurs de mes journaux.

Il écrivit, ou plutôt il eut l'air d'écrire quelques lignes, puis il suivit son guide dans l'espèce de vestibule terminé à droite par l'escalier qui conduit
aux cellules et donnant à gauche sur le préau. Une
nouvelle grille s'ouvrit devant le directeur, et sir
Hanley se trouva dans une grande cour carrée,
pavée, entourée de bâtiments à deux ou trois étages, aux fenêtres étroites, pressées, hérissées de
barreaux en fer. Une fontaine au milieu, une grande
poutre à laquelle est suspendue un réverbère, des
bancs en bois scellés à la muraille et recouverts
d'une petite toiture sont les seuls ornements de
cette cour funèbre.

Elle était occupée en ce moment par trois cents
détenus environ, surveillés par le gardien-chef et
quelques gardiens sous ses ordres.

Les uns marchaient dans le même sens, de droite

à gauche, deux à deux ou isolés ; les autres faisaient queue devant la cantine. Ces derniers, assis
sur des bancs, le long des murs, tenaient sur leurs
genoux une terrine remplie de légumes et man-
geaient.

Sir Gardiner essayait de reconnaître Bérard
au milieu de tous ces détenus et ne pouvait y parvenir.

Le directeur du Grand Dépôt... comme on appelle
la Roquette pour distinguer cette prison du Petit
Dépôt, voisin de la Conciergerie... croyant de bonne
foi que son visiteur voulait faire une étude sérieuse
sur les établissements pénitentiaires, s'empressait
de lui donner des renseignements.

— Aucun de ces hommes, lui disait-il en lui
montrant les détenus, n'est en prison pour la première fois... Nous n'avons ici que des récidivistes
qui viennent subir une nouvelle peine d'un an de
prison ou au-dessous ; des condamnés à la réclusion
qui attendent leur départ pour des maisons cen-
trales, et des condamnés aux travaux forcés que
nous gardons jusqu'au jour où on vient les chercher pour les diriger sur l'île de Ré et ensuite sur
l'île Nou en Nouvelle-Calédonie.

— Ces derniers sont les plus intéressants pour un étranger, fit sir Gardiner... Où se tiennent-ils donc ?

— De préférence, répondit le directeur, dans cette partie de la cour que les détenus appellent plaisamment le Palais-Royal et le café Riche... Tenez, là-bas, en face.

— Voulez-vous que nous nous dirigions de ce côté ?

— Certainement.

En route, il disait à son hôte :

— L'argot des prisons vous intéresse-t-il ?

— Oui, beaucoup. Les Américains en sont très friands.

— Eh bien, prenez note de quelques mots assez typiques introduits nouvellement ici.

— Je suis prêt à écrire.

— Les récidivistes, les repris de justice s'appellent entre eux les *Bois-Durs* et se divisent en *Margotins*, petits condamnés à moins d'un an ; *Cotterets*, ceux qui ont déjà fait plusieurs années de prison ; *Falourdes*, les condamnés à la Centrale ; *Fagots*, les galériens ; *Chênes*, les condamnés à mort.

— Très curieux, dit sir Hanley... Je vois d'ici la

joie de mes lecteurs lorsque je publierai ces notes...
Vous seriez bien aimable de me désigner un *Chêne*
ou un *Fagot*.

— Je n'ai pas de *Chêne* en ce moment, fit le directeur... Toutes les cellules des condamnés à mort
sont vides... Mais j'ai une assez belle provision de
Fagots... Tenez, ce petit homme; c'était dernièrement un *Chêne*, mais il a été gracié et il attend
maintenant son départ pour Nouméa... Et cet autre...
le voyez-vous là-bas?... Il a trois assassinats sur
la conscience, mais Georges Lachaud, qui marche
sur les traces de son père, lui a fait obtenir des
circonstances atténuantes.

— C'est un grand service qu'il a rendu à la société, fit observer en souriant sir Gardiner. Il ajouta
d'un ton indifférent : Est-ce que vous n'avez pas
parmi tous ces détenus, des gens du monde, ou du
moins des gens bien élevés?

— Un seul en ce moment.

— Qui donc ?

— Bérard, l'assassin du prince Lavisine.

— Ah oui! Bérard! Je sais... J'ai rendu compte
de cette affaire dans mes journaux. Elle a passionné l'Amérique.

— Ce Bérard a une bien jolie fille, ajouta le directeur.

— Ah! vraiment? En effet, je crois me souvenir... Est-ce qu'elle n'avait pas un surnom?

— Oui. Dans son quartier du parc Monceau, on
l'appelait Reine de Beauté.

— C'est cela, c'est cela... Reine de Beauté... J'ai
parlé d'elle aussi dans mes journaux... Est-ce qu'elle
vient quelquefois voir son père?

— Oui, les jours de parloir, sans jamais y manquer.

— Elle le voit alors dans cet étroit couloir que
vous m'avez montré en passant... Elle est séparée
de lui par deux grilles.

— Non, fit le directeur. Je l'ai trouvée trop
distinguée, j'ajouterai même trop sympathique pour
la laisser au milieu des visiteurs ordinaires... Je la
fais entrer dans le greffe et, sous la surveillance
d'un gardien à qui je donne des ordres particuliers,
elle peut causer avec son père. C'est contraire au
règlement, mais s'il y a des accommodements avec
le ciel...

— Il peut y en avoir aussi avec l'administration,
acheva sir Hanley-Gardiner. Il s'empressa d'ajouter:

12

Vous m'inspirez le désir de connaître ce condamné, qui a une si jolie fille... Où est-il donc?... Montrez-le moi?

— Il n'est pas dans cette cour... Il eût été vraiment trop cruel de laisser cet homme de bonne compagnie, ce savant. car c'est un savant... au milieu de tous ces gens... Je l'ai placé dans les bâtiments qui sont là, derrière, dans la troisième cour. Je vous y conduirai tout à l'heure, quand je vous aurai fait visiter mes ateliers et mes cellules.

— Oh! oui, fit sir Gardiner pour donner le change, n'oublions pas les ateliers. J'ai le plus grand désir de les connaître.

— C'est le moment... La cloche vient de sonner... Tous les détenus vont quitter la cour et se remettre au travail.

Un instant après, sous la conduite du directeur, sir Hanley visitait les ateliers où l'on fabrique des chaussures, des cartons, des objets de menuiserie, et prenait des notes comme s'il était vivement intéressé.

Enfin, le directeur lui dit :

— Nous allons passer dans l'autre cour. Vous verrez l'infirmerie, les cellules des condamnés à mort et l'assassin du prince Lavisine, si vous êtes curieux de le connaitre.

XXXIX

Pour passer de la cour principale, celle où sont réunis la plupart des condamnés, dans la troisième cour située à l'extrémité de la Roquette, le directeur et son visiteur prirent l'aile droite du bâtiment et traversèrent les ateliers.

Bientôt, ils débouchèrent dans cette partie de la maison plus isolée, plus silencieuse encore que les autres, et réservée aux malades, à des détenus dignes d'intérêt, susceptibles d'amendement, ou mis en suspicion par leurs camarades, qui leur feraient un mauvais parti si on les laissait avec eux.

Quelques prisonniers, une dizaine environ, se

promenaient silencieusement, lorsque le directeur
et son hôte entrèrent dans la cour.

Sir Gardiner essaya de reconnaître Bérard ; mais
le costume de la prison, la barbe et les cheveux
courts, les moustaches rasées changent tellement
un homme qu'il ne put y parvenir. Alors, dans la
crainte d'éveiller les soupçons, il dut attendre qu'on
lui désignât celui qu'il cherchait et paraître prendre
un vif intérêt aux nouvelles explications de son
hôte. Il lui fallut aussi visiter la salle de bains, la
bibliothèque et les fameuses cellules destinées aux
condamnés à mort.

Depuis quelques minutes déjà, et avec une patience angélique, sir Gardiner écoutait et regardait,
lorsque enfin le directeur lui dit :

— Je vais vous faire voir, puisque vous avez
paru le désirer, l'assassin du prince Lavisine.

— Tiens ! c'est vrai, dit l'Américain, je l'avais
oublié... Est-ce qu'il est ici ?

— Oui, là-bas... Tenez, près de la fontaine... Il
tient un livre à la main.

— Ah ! c'est lui ? Plusieurs journaux illustrés ont
donné son portrait, mais je ne l'aurais jamais reconnu... Comme il a l'air triste !

— Oui... Il ne parle à personne. Il répond à peine aux questions des gardiens. La parole ne lui revient, son regard ne s'éclaire que les jours où il espère voir sa fille.

Sir Hanley se sentait profondément ému. L'intérêt que, dès le principe, il avait ressenti pour ce malheureux, et qui s'était augmenté de toute son affection pour Mlle Bérard, devenait plus vif, plus ardent depuis qu'il le voyait, là, près de lui, pâle, abattu, morne, dans sa livrée d'infamie.

— Seriez-vous curieux, lui demanda le directeur, de vous entretenir avec ce condamné? Peut-être sa conversation vous intéresserait-elle?

— C'est une idée, fit sir Gardiner d'une voix qu'il essayait d'affermir... Mais vous dites qu'il ne parle pas.

— Aux détenus, aux gardiens. Il répondra certainement à vos questions, surtout si je vous laisse seul avec lui.

— En effet, vous l'intimideriez.

— C'est ce que je ne veux pas. Votre étude serait incomplète... Je monte à l'infirmerie et je vous reprendrai en descendant.

12.

Le directeur était allé lui-même au-devant des désirs de son hôte.

Dès qu'il fut seul, sir Gardiner, ému, mal à l'aise, bien plus gêné que s'il s'était agi d'aborder un personnage considérable, le plus grand souverain de la terre, s'avança lentement vers Bérard.

Celui-ci, de loin, l'avait vu venir, avait fermé son livre, s'était levé et attendait.

L'Américain ôta son chapeau sans affectation, simplement, et dit :

— Monsieur, voulez-vous me permettre de vous entretenir un instant ?

— Que voulez-vous de moi, monsieur?.. Que puis-je vous apprendre ? Quelle curiosité puis-je satisfaire ?

A ces paroles, prononcées d'une voix brève et où perçait une profonde amertume, sir Gardiner répondit doucement :

— Monsieur, ce n'est pas un sentiment de curiosité qui m'amène vers vous... La curiosité, dans certains cas, en présence de certaines infortunes, serait de l'indiscrétion, de la cruauté... Si je me suis permis de vous adresser la parole, c'est que je vous porte e plus vif intérèt... Vous n'en douterez plus quand vous saurez mon nom. Il ne vous est pas inconnu... Mademoiselle votre fille m'a dit qu'elle vous avait parlé de moi.

— Ah ! Est-ce que vous seriez ?

— Oui... sir Hanley-Gardiner.

— Vous ! Vous !

En même temps, le rouge montait aux joues du malheureux : il venait de se voir dans sa veste grise, dans son uniforme de prison. Ces gros vêtements de drap lui brûlaient, en ce moment, la peau.

Sir Gardiner comprit et, s'approchant davantage de Bérard :

— Monsieur, on dirait que vous avez honte... Pourquoi ? Si, de nous deux, quelqu'un doit rougir, c'est moi... Je suis vêtu comme tout le monde et je n'y ai pas plus de droits que vous... Je suis libre, vous êtes prisonnier, et cependant vous êtes aussi honnête homme que moi... C'est à moi de vous demander pardon de l'injustice du sort, c'est à moi de m'incliner respectueusement devant vous.

En même temps, il se baissait, prenait la main de Bérard et la serrait de toutes ses forces.

XL

Ce geste, ces paroles tirèrent Bérard de son accablement. Il se redressa, son regard s'anima et, d'une voix basse, mais profondément émue, il dit :

— Je vois, monsieur, que ma fille ne s'était pas trompée à votre égard... Elle avait bien jugé... Vous êtes l'homme de cœur qu'elle a deviné le premier jour, qu'elle m'a défini et que moi-même j'ai compris plus tard... Oui, plus tard... Que voulez-vous ? Il m'était bien permis, dans mon isolement, dans ma détresse, l'esprit aigri par toutes les injustices qui m'accablaient, d'être soupçonneux, méfiant, de douter de vous comme on doutait de moi.

Il s'arrêta et reprit :

— Vous, un inconnu, un étranger, vous étiez

venu brusquement offrir à ma fille votre protection,
votre dévouement... Quand j'ai appris cela, j'ai eu
peur... J'ai vu d'abord en vous !... Ah ! je dois
vous le dire, je dois vous le dire... C'est bien le
moins que je vous montre une entière franchise...
J'ai vu en vous un de ces séducteurs habiles
qui offrent leurs services et en rendent quelques-
uns, mais avec l'espoir de se les faire payer...
Et, au lieu de vous remercier du fond de mon âme,
de vous bénir pour votre générosité, je souffrais
à l'idée que je n'étais plus là pour la défendre, pour
la protéger, qu'elle était seule, seule exposée à tous
les périls... Cette idée m'obsédait, me torturait
et j'oubliais l'accusation terrible portée contre moi...
J'oubliais de préparer ma défense, pour ne songer
qu'à elle, à vous.

— Alors, fit tristement sir Gardiner, je vous ai
fait souffrir ?

— Oui, d'abord... Je ne vous connaissais pas et
je ne la connaissais pas elle-même. Absorbé toujours par mes travaux, je n'avais pas eu le temps
de l'étudier, de lire dans son esprit, dans son cœur.
Je me contentais de la voir grandir en beauté ;
je n'avais pas vu son intelligence, son âme grandir,

s'élever en même temps... Je ne savais pas quelle
droiture, quelle fermeté, quel sentiment du devoir
sont contenus dans ce cœur de vingt ans... Je
voyais toujours l'enfant, je ne voyais pas la femme
énergique, forte, confiante en soi, sûre d'elle-
même.

Il l'écoutait en silence, heureux de l'entendre
parler ainsi. Bérard continuait :

— Dans ses visites à Mazas, plus tard à la Conciergerie, elle m'entretenait souvent de vous... Elle
me disait : « Voilà ce qu'il pense, voilà ce qu'il propose, voilà ce qu'il compte faire... » Et, alors, peu
à peu, monsieur, je vous ai connu comme j'arrivais
à la connaître, je vous ai vu comme vous êtes, je
vous ai estimé, je vous ai aimé. Tous mes soupçons, tous mes doutes ont disparu... et je vous remercie avec tout mon cœur de votre dévouement à
ma fille. Le monde en pensera ce qu'il voudra...
Le monde ! Je n'ai plus à m'inquiéter de ses juge-
ments... Moi, du fond de ma prison, j'autorise cette
intimité fraternelle... Mon corps est esclave, ma
conscience est libre et, usant de mes droits pa-
ternels, qui restent intacts, que personne ne peut
m'enlever, je vous dis : « Je vous confie ma fille.

Veillez sur elle, protégez-la, aimez-la comme je l'aime ».

L'Américain ne répondit pas ; il pleurait.

Un long silence se fit entre ces deux hommes ; puis sir Gardiner, se rappelant tout à coup les motifs qui l'avaient conduit dans la prison, parvint à vaincre son émotion et dit vivement à Bérard :

— On peut nous rejoindre, nous séparer d'un moment à l'autre ; nous n'avons plus que le temps d'échanger quelques mots... Vous savez que votre fille et moi nous sommes absolument décidés à vous délivrer, à vous sauver.

— Oui, je le sais, fit-il simplement.

— Vous savez aussi que nos premiers efforts n'ont pas réussi.

— Mon pourvoi est rejeté... Je l'ai appris par un de mes gardiens ; cela ne m'a causé aucun étonnement, je m'y attendais.

— J'étais seul, paraît-il, à me faire des illusions, murmura sir Gardiner en souriant avec tristesse. Puis il ajouta : Mademoiselle votre fille est persuadée qu'il serait impossible, en ce moment, d'obtenir votre grâce.

— J'en suis persuadé comme elle.

— Alors, nous sommes obligés de mettre tout notre espoir dans une évasion.

— Une évasion! répéta Bérard.

— Oui... Y avez-vous songé?

— Sans doute... Tout prisonnier y songe. C'est instinctif.

— Vous avez regardé autour de vous, étudié les habitudes de la prison?

— Oui, et j'ai acquis la conviction que ces murs sont infranchissables, que la surveillance des gardiens est trop active pour me permettre de concevoir la moindre espérance... Du reste ce n'est pas seulement mon opinion. Deux détenus causaient hier près de moi, des hommes encore jeunes, robustes, agiles... et je n'ai aucune de ces qualités... Ils reconnaissaient qu'il était pour ainsi dire impossible de s'évader des prisons de la Seine.

Au milieu du silence qui régnait dans la cour, on entendit la voix du directeur. Il donnait des ordres aux surveillants.

— Votre main, encore votre main, dit sir Gardiner qui furtivement serra de nouveau la main de Bérard et s'éloigna de lui pour rejoindre le directeur.

— Eh bien, que pensez-vous de l'assassin du prince Lavisine? demanda le directeur à sir Gardiner, lorsque celui-ci l'eut rejoint.

— Je pense que c'est un homme tranquille, résigné... Il ne doit pas vous donner beaucoup de mal...

— Non, certes. Si tous mes pensionnaires étaient comme celui-là.

— Vous avez des sujets difficiles?

— Quelques-uns, des mauvaises têtes... Il y a toujours un peu d'agitation à la Grande-Roquette, par suite du va-et-vient continuel de détenus. Chacun apporte des nouvelles du dehors. On entretient des espérances. On attend une arrivée, un départ. On forme des projets...

— D'évasion, peut-être? acheva sir Gardiner.

— Pour plus tard, oui... Oh! ici, ils n'y songent pas. Ils connaissent trop bien la maison par eux-mêmes ou par ouï-dire... Tenez, je vais vous la faire connaître comme eux. Au lieu de retourner chez moi par le chemin que nous avons suivi: le greffe, le grand préau et les ateliers, nous allons prendre la route extérieure, celle qui entoure ces bâtiments et les enserre dans un double rempart.

13

Il appela un gardien, lui donna l'ordre de l'accompagner et, après avoir ouvert une petite porte, dit à sir Gardiner :

— Nous voici dans le premier chemin de ronde... Vous voyez d'abord qu'il est difficile d'y entrer. La porte que nous venons de franchir est gardée nuit et jour, et toutes les croisées de ce bâtiment son armées de barreaux solides.

— Oh ! les barreaux, dit en souriant l'Américain j'ai entendu dire qu'on parvenait à les scier !

— Sans doute, je l'ai entendu dire aussi, fit le directeur, qui sourit à son tour... et j'admets volontiers qu'un détenu, après avoir scié ou descellé ces barreaux, parvienne avec les draps de son lit, une corde, peut-être, qu'il se sera procurée, à descendre jusqu'ici. Mais je vous ferai remarquer qu'il se trouve dans une véritable souricière... A sa droite, ces bâtiments qu'il vient de quitter, et où il ne veut plus rentrer, nécessairement... A gauche, ce mur de dix pieds de haut... Aux deux extrémités, de quelque côté qu'il aille, un poste de soldats, sans compter les sentinelles qui se promènent dans ce chemin... Tenez, en voici une... Si je n'avais pas eu la précaution de me faire accompagner d'un de mes gar-

diens en uniforme, comme on ne sait pas qui je suis
et qui vous êtes, on nous aurait déjà mis en joue.

— Ah, vraiment !

— C'est comme cela... Mais je serai bon prince...
Je vais jusqu'à supposer que ce soldat se promène
d'un autre côté, qu'au lieu de veiller, il rêve à ses
amours... ou bien encore, si vous voulez, que mon
détenu, un ancien forçat, décidé à tout, ait surpris
cette sentinelle et l'ait tuée. Après ?... Que fera-t-
il ?

— Il franchira ce grand mur, répondit sir Gardiner, s'il est très robuste, très agile, armé d'un cram-
pon, d'une corde, et... si vous voulez bien le permettre...

— Je le permets... Il a franchi le mur, il est de
l'autre côté... Eh bien, mon cher monsieur, allons
comme lui de l'autre côté.

— Volontiers.

Ils marchèrent quelque temps, puis ils s'arrêtèrent, et le gardien ayant ouvert une autre porte per-
cée dans le mur, le directeur fit passer devant lui
son visiteur.

On se trouvait dans un second chemin de ronde
absolument semblable au premier.

— Qui vive! cria une sentinelle en croisant la baïonnette.

— Ronde du directeur! s'empressa de répondre le gardien, qui alla donner le mot d'ordre à la sentinelle.

— Vous le voyez, ce n'est pas précisément commode, fit en riant le grand maître du dépôt des condamnés.

— Oui, je l'avoue... Alors nous voici dans une autre souricière, comme vous appelez cela?

— Oui, une seconde, enclavée cette fois entre deux murs d'une hauteur respectable, surtout celui-ci. Regardez.

— Le croyez-vous infranchissable?

— Non. Aucun mur n'est infranchissable pour certains hommes, et je vous accorde encore que ce dernier obstacle a été vaincu... L'évadé est arrivé de l'autre coté, sans se casser un bras ou une jambe. Il est intact... Vous supposez bien, n'est-ce pas, que son expédition a été nocturne. Dans la journée, il aurait été signalé dix fois, à défaut d'un gardien, d'une sentinelle, par un de ses camarades. La délation est chose fréquente dans les prisons, et nous avons bien le droit, sinon de l'encourager, au

moins d'en profiter... Donc, l'évasion a eu lieu la
nuit, le prisonnier est là, en dehors de la maison,
sur la route.

— Eh bien ?

— Eh bien, ce n'est pas fini. Il n'est pas libre
pour cela... La nuit, ce mur extérieur est gardé.
Des patrouilles parcourent les ruelles qui bordent
la prison et elles ramasseraient certainement l'é-
vadé... Êtes-vous convaincu, sir Gardiner ? Vos
prisons des États-Unis sont-elles aussi bien gardées
que les nôtres ?

— C'est un autre genre, fit l'Américain avec un
sourire.

En causant, ils avaient parcouru le chemin de
ronde tout entier, et, après s'être fait reconnaître
par le poste des soldats de la ligne, ils étaient revenus dans la première cour, la cour d'entrée.

— Me ferez-vous l'honneur de monter un instant chez moi ? demanda le directeur.

— Avec plaisir.

XLI

Chemin faisant, sir Hanley-Gardiner, qui poursuivait son idée, disait au directeur :

— Oui, je le reconnais, une évasion par la route que vous m'avez montrée est fort difficile, sinon impossible ; mais rien ne me prouve que vos détenus ne trouveraient pas d'autres moyens de vous échapper. Comme toute chose en ce monde, votre prison doit avoir son côté faible.

— Je ne connais pas ce côté faible. Si vous l'avez découvert pendant notre promenade, je vous serais obligé de me le signaler.

— Je n'ai rien découvert. Je me suis borné à admirer vos chemins de ronde et vos murailles. Nous n'avons pas de si belles... fortifications aux États-Unis. Mais nos prisons sont fermées avec des portes, des grilles solides, qui valent bien les vôtres... et cependant nos détenus, quand ils sont possédés de la fièvre de l'évasion, arrivent souvent à les franchir.

— Vous en concluez ?

— J'en conclus que si on ne se sauve pas chez vous par-dessus les murs, on peut se sauver, comme partout, par la porte.

— Vous vous trompez... Nos grilles sont trop bien gardées pour donner passage à celui qui n'a pas le droit de se les faire ouvrir... Un détenu, avant de nous quitter, doit remplir tant de formalités !

— Cependant, fit observer l'Américain, si le gardien chargé d'empêcher sa sortie la favorise, au contraire ?

— Vous admettez alors la connivence, la complicité d'employés de la maison.

— Je suis obligé de tout admettre pour que cette étude sur l'évasion soit complète.

— Eh bien, je vous répondrai très franchement... La complicité d'un ou de plusieurs employés subalternes ne servirait à rien. Il faudrait la mienne.

— Vous le voyez, voilà le côté faible... Un

directeur qui voudrait, pour une raison quelconque, rendre la liberté à un de ses prisonniers, pourrait le faire.

— Sans doute, et, aux États-Unis, il doit en être de même. Un directeur est le seul maître dans sa maison. De même qu'il assume toutes les responsabilités, il commande à tout le monde. Cependant si, pour un motif quelconque, je me mettais en tête de favoriser une évasion, je pourrais rencontrer des obstacles, trouver de la résistance auprès des employés du greffe, dont le registre d'écrou ne serait pas en règle.

— Oh ! si vous le vouliez bien !...

— Évidemment, si je le voulais bien... Je donnerais l'ordre de conduire dans mon cabinet, chez moi, le détenu que je protégerais. En secret, je le ferais changer de vêtements. Je le déguiserais de mon mieux. Puis, je descendrais avec lui ce petit escalier que nous montons en ce moment, je prendrais son bras pour traverser la cour, j'arriverais là-bas chez le portier-guichetier devant qui vous passerez tout à l'heure pour sortir. Il serait étonné, je crois, car il a bon œil, et il se dirait : « Quel est donc cet étranger ? D'où vient-il ? Je ne l'ai pas vu entrer !... Pourquoi sort-il ? » Mais il ouvrirait tout de même si je lui en donnais l'ordre.

— Vous voyez ?

— Oui, je vois... Seulement, je ne ferais rien de tout cela ; et l'évasion que nous venons d'imaginer est toute fantaisiste, n'a rien de pratique... On s'évade de cette façon dans les romans, dans les pièces de théâtre ; jamais dans la vie réelle.

Sir Gardiner se mordit les lèvres. Mais, comme il l'avait dit à Mlle Bérard, les obstacles le rendaient plus opiniâtre à poursuivre ses idées, à vouloir triompher.

Le directeur venait de l'introduire, non plus dans le petit cabinet où il l'avait déjà reçu, mais dans le salon qui lui fait suite, une assez grande pièce modestement meublée.

— C'est ici que vous demeurez ? demanda sir Gardiner.

— Oui, en famille, c'est-à-dire avec ma femme.

— Vous sortez, vous ne restez pas toujours enfermé dans cette prison ?

— Rien ne m'y oblige. Mais, j'ai pris l'habitude de m'absenter fort rarement. Dans une maison comme celle-ci, à chaque minute, on a besoin du

13.

directeur. C'est un détenu que des remontrances, quelquefois de bonnes paroles, peuvent apaiser, un gardien qu'il faut sermonner. Puis des instructions que m'envoie la préfecture, un inspecteur qui me tombe tout à coup...

— Et des visites, ajouta sir Gardiner.

— C'est le plus agréable du métier.

— Ce métier, comme vous dites, est sans doute très rétribué?

— Six mille francs, le logement et le chauffage.

— Diable! c'est peu de chose pour cette existence cloîtrée, des plus tristes, au fond, et pleine de périls... Car vous êtes exposé à bien des dangers au milieu de tous ces hommes.

— J'en conviens.

— Et vous aimez cette vie-là?

— Mon Dieu, répondit en souriant le directeur, je préférerais cinquante mille francs de rentes. Mais on ne choisit pas toujours son genre d'existence. Si on le choisissait, tous mes prisonniers s'en iraient immédiatement courir les champs... comme moi, du reste, qui adore le grand air, la campagne, les voyages, et qui ai toujours vécu dans des prisons ressemblant plus ou moins à

celle-ci, avec de grosses murailles pour tout horizon.

— Eh bien, monsieur, dit sir Gardiner en regardant le directeur bien en face, je vous offre cinquante mille francs de rentes et l'existence que vous
avez toujours rêvée.

XLII

Le directeur du Grand-Dépôt crut d'abord à une
plaisanterie que lui faisait son visiteur; mais celui-
ci, sans lui laisser le temps de s'étonner, de demander des explications, lui disait d'une voix grave :

— Monsieur, je porte le plus vif intérêt à un de
vos détenus... Je commence par vous déclarer qu'il
mérite toutes vos sympathies... Il est innocent...
Je suis convaincu de son innocence... C'est une
conviction que vous partageriez si vous connaissiez

comme moi tous les détails de son procès, si vous
le pouviez surtout connaître lui-même comme je le
connais.

— Monsieur...

— Permettez... Je vous supplie de ne pas m'in-
terrompre... Cet homme, votre prisonnier, j'ai résolu de le sauver, de réparer l'injustice commise à
son égard, de le faire libre... J'y arriverai tôt ou
tard. Mais le succès que j'espère, dont je suis certain,
peut être retardé... Il ne le serait pas si vous
vouliez me prêter votre concours, si vous consentiez
à vous associer à une œuvre de réparation, je vous
le jure, à une belle et bonne œuvre.

Il s'arrêta. Le directeur profita de son silence
pour lui dire :

— Si je vous comprends bien...

Il ne put achever. Sir Gardiner l'interrompait
déjà :

— Je viens vous demander, je viens vous sup-
plier de mettre en action, pour ainsi dire, ce que
vous expliquiez tout à l'heure. Vous disiez : « C'est
de la fantaisie, c'est du roman, c'est du théâtre... »
Mais les romanciers, les auteurs dramatiques, n'inventent rien. On croit qu'ils inventent. Erreur !

Leurs récits les plus étonnants, leurs scènes les plus insensées, sont arrivés, sont vrais, ont été vécus ou peuvent l'être.

Il reprit haleine, et, comme le directeur l'écoutait cette fois en silence, il continua :

— Rien ne vous empêche, monsieur... entendez-vous, rien... de faire appeler ici, demain ou après-demain, quand tout sera convenu entre nous, le détenu que je veux sauver à tout prix... Vous le ferez s'habiller avec des vêtements que je vous enverrai. Vous l'accompagnerez jusqu'à la porte, comme vous le disiez tout à l'heure, et il sortira aussi comme vous le disiez... Ensuite, je me charge de lui; il sera vite en sûreté.

— Et moi, demanda le directeur, serais-je en sûreté? Vous savez à quelle peine je m'exposerais.

— A la prison seulement, car il n'y aurait dans une évasion de ce genre ni bris de clôture, ni transmission d'armes. Mais vous pourriez facilement vous mettre à l'abri de toute poursuite.

— Comment?

— En quittant vous-même cette maison... et au besoin la France, seul ou avec votre femme... Avant que l'évasion fût connue, en tout cas avant qu'on

pût vous soupçonner de l'avoir favorisée, vous auriez atteint Boulogne ou Calais, et vous seriez protégé, par le pavillon des États-Unis, sur un navire
qui m'appartient et qui vous conduirait où il vous
plairait de vous rendre.

Le directeur écoutait toujours sans répondre. Sir
Gardiner continua :

— En échange, monsieur, de la position que vous
auriez perdue... et ce ne serait qu'un acte de justice,
un dédommagement pour vos peines, les risques
courus... je vous offre l'indépendance jusqu'à la fin
de votre vie, la fortune, c'est-à-dire un million
comptant... Si vous croyez devoir réfléchir, j'attendrai.

Un peu pâle, mais très calme, sans élever la voix,
le directeur du dépôt des condamnés répondit simplement :

— Monsieur, je n'ai pas besoin de vous faire
attendre ma réponse. Ce que je sens, ce que je
pense en ce moment, je le sentirai, je le penserai
demain. Vos offres sont des plus séduisantes, et
elles ont certainement de quoi éblouir un modeste
employé d'une administration économe et souvent
rigoureuse envers ceux qui la servent fidèlement.

L'indépendance, la liberté, la fortune, pour un directeur de prison, c'est tentant!... Mais je refuse, monsieur, je refuse au nom de ma femme et au mien... Je ne la consulterai même pas; je sais à l'avance ce qu'elle me répondrait... Je refuse comme refuseraient tous mes collègues, comme refuseraient aussi, j'en suis persuadé, mes surveillants, mes gardiens, tous ces pauvres gens à peine rétribués et exposés sans cesse aux rebuffades, aux injures, aux coups mortels des détenus de cette maison... emprisonnés comme eux, vivant de leur vie, partageant leurs privations et leur misère.

Comme sir Gardiner, fort désappointé, mais ému malgré lui, se taisait, le directeur reprit :

— Cependant, monsieur, je ne vous en veux pas de vos propositions. Si elles avaient été faites par un de mes compatriotes, elles m'auraient peut-être blessé, mais venant de vous, d'un étranger, elles me prouvent seulement que vous ne connaissez pas bien notre pays.

— Oui, je commence à le croire.

— Nos fonctionnaires publics, grands et petits, petits surtout, sont pénétrés, voyez-vous, de ce qu'on pourrait appeler le respect professionnel.

Ils ont, comme les autres hommes, des passions, des défauts et des vices ; ils commettent des fautes, quelquefois des délits et des crimes, mais en dehors de leur profession, qu'ils respectent d'ordinaire... Vous êtes venu vous heurter contre ce sentiment, voilà tout.

— Hélas !

— Quant à Jean Bérard...

— Comment, Jean Bérard ! répéta sir Gardiner étonné. Je n'ai pas prononcé son nom.

— C'est vrai, mais vous me permettrez bien de deviner qu'il s'agit de lui... Je vous ai pris d'abord, monsieur, pour un visiteur ordinaire. J'ai été votre dupe, comme l'ont été du reste M. le préfet de police et M. le chef de la première division... La lumière s'est faite : je me souviens de notre promenade à travers la prison, de vos questions, très habiles du reste, sur l'assassin du prince Lavisine et de votre long entretien avec lui.

— Entretien que vous aviez autorisé, provoqué en quelque sorte.

— Je n'en disconviens pas... J'ai poussé la naïveté jusqu'aux dernières limites... Que voulez-vous ? Je me méfie seulement de mes détenus... Lorsque j'ai le plaisir de me trouver en face d'un homme du monde, l'idée ne me vient pas qu'il peut me tromper, et je me montre aussi confiant avec lui que, par habitude, je suis méfiant avec les hôtes de cette maison.

— Vous m'en voulez sans doute beaucoup, monsieur, demanda l'Américain, de vous avoir ainsi trompé?

— Nullement, monsieur, nullement. Vous étiez dans votre rôle, comme je suis dans le mien en refusant vos offres.

— Mais, reprit timidement sir Gardiner, mon inutile tentative ne va-t-elle pas nuire à mon protégé?

— Comment l'entendez-vous?

— Si vous prévenez le préfet de police et que celui-ci...

Le directeur l'interrompit :

— N'ayez aucune crainte à ce sujet. Je n'ai pas l'intention de me faire un mérite auprès de mes chefs de ma conduite envers vous. Elle est toute naturelle et je ne veux pas m'en prévaloir.

— Je vous remercie, monsieur, je vous remercie, fit l'Américain d'une voix émue, et je regrette de ne vous avoir pas mieux connu. Je n'aurais pas tenté auprès de vous une démarche que je vous prie maintenant d'excuser.

— N'en parlons plus.

— Il me reste encore, reprit sir Gardiner, une crainte ridicule sans doute.

— Quelle crainte ?

— J'ai peur que, me sachant résolu à sauver Bérard, vous ne preniez à son sujet quelques précautions, qu'il ne jouisse plus de certaines faveurs.

— Ce serait assez naturel, avouez-le.

— Je l'avoue, et c'est bien pour cela...

— Que vous trembliez. Rassurez-vous encore... Bérard est aussi bien gardé dans la troisième cour où je l'ai fait placer, que dans la seconde où il devrait être. Il n'est pas en cellule la nuit, c'est vrai, mais dans le petit dortoir où il couche, ses codétenus le surveillent encore mieux que ne le ferait un gardien.

— Mais... les visites de sa fille?

— Oui, je comprends... Vous craignez que je la prive des faveurs accordées jusqu'ici : la liberté de voir son père au greffe et non pas au parloir... En effet, je le devrais. Le greffe est bien près de la porte de sortie, et, avec un ami dévoué, résolu comme vous... Eh bien, il y a un moyen de tout arranger. Donnez-moi votre parole que vous n'essayerez pas de profiter des libertés que j'accorde.

Sir Gardiner répondit sans hésiter :

— Je vous donne cette parole, monsieur. Je vous la donne même plus complète que vous ne la demandez : tant que Bérard se trouvera sous votre garde, qu'il dépendra de vous, je ne l'aiderai dans aucune tentative d'évasion, j'ajournerai mes projets.

— Pour les reprendre plus tard ?

— Sans doute. Que vous importe ? Du moment que votre responsabilité ne sera plus en jeu.

— En effet. Cela regarde mes confrères. Ils n'ont qu'à prendre leurs précautions, comme je prends les miennes.

Il réfléchit et ajouta :

— Alors, vous croyez Bérard innocent ?

— J'en suis persuadé.

— C'est possible. La justice se trompe parfois... rarement... mais elle peut se tromper.. Depuis que je suis directeur de prison, sur dix mille détenus environ qui me sont passés par les mains, je crois avoir constaté qu'une dizaine d'entre eux étaient

victimes d'une erreur judiciaire... Bérard est peut-
être le onzième... Déjà, je m'étais posé cette question,
après avoir causé avec lui, étudié sa physionomie.

— Alors... s'écria sir Gardiner, qui reprenait
quelque courage.

— Ah! permettez ! N'allez pas trop loin. Ne concevez aucune espérance... Je n'ai pas à m'occuper
comme directeur de prison de l'innocence d'un détenu. Je ne puis que le plaindre et m'associer de
cœur avec vous à la réussite de vos projets.

— Ces projets, les croyez-vous réalisables ?

— C'est l'homme que vous interrogez, n'est-ce
pas ?

— Oui, l'homme de cœur.

— Eh bien... oui, vous pouvez réussir... Mais, là-
bas, loin de France, en Calédonie... Seulement,
croyez-moi, n'essayez plus de séduire personne.
On vous trahirait, et vous ne pourriez plus être
utile à votre protégé. Agissez vous-même sans complice. Comptez moins sur votre fortune et plus sur
votre force et sur votre adresse.

— Je vous remercie de ce conseil, monsieur, et
je vous renouvelle mes excuses, dit sir Gardiner,
en prenant congé du directeur.

XLIII

Dans la soirée qui suivit cette visite, sir Gardiner répéta mot pour mot à Mlle Bérard sa conversation avec le directeur de la Grande-Roquette.

Après l'avoir attentivement écouté, elle lui dit :

— C'est encore un insuccès que nous devons ajouter aux autres. Mais, dans notre malheur, nous pouvons nous féliciter d'avoir eu affaire à un homme qui ne nous trahira pas. Son honnêteté est une garantie pour nous, et elle nous permet, en même temps, de croire à la sincérité des conseils qu'il vous a donnés.

— Est-ce que vous voulez les suivre? demanda-t-il.

— Oui. Je crois comme lui que nous devons renoncer à toute tentative d'évasion en France, ne plus nous compromettre et savoir attendre. Instinctivement, par intuition, je me le disais depuis longtemps, et l'avis d'un homme qui s'y connait, qui est de bonne foi, m'affermit dans cette idée.

— Alors, pour mettre nos projets à exécution, nous attendrons la Calédonie, Nouméa, le bagne. C'est bien long !

— Oui, bien long, terriblement long pour lui,
pour moi, et...

— Et pour moi aussi. Vous pouvez l'ajouter.

— Je l'ajoute, mon ami, sans craindre de me
tromper, fit-elle en lui tendant la main.

Il reprit au bout d'un instant :

— Vous rendez-vous bien compte des fatigues,
des privations, des souffrances de toutes sortes
que votre père endurera pendant sa longue traversée ?

— Oui, je m'en rends compte. J'y pense sans
cesse, et cette pensée me torture à l'avance. Mais,
nous avons tout essayé, tout tenté, et nous ne
pouvons pas lui éviter ce martyre... Il faut donc
prendre notre parti courageusement, comme il
saura prendre le sien... Pendant cette longue traversée, dans sa détresse, il aura du moins la conso-
lation de se dire que nous veillons toujours sur lui,
que nos cœurs sont avec lui et que l'heure de la
délivrance est proche.

Elle s'arrêta tout à coup et, le regardant :

— Pourquoi ne répondez-vous pas, demanda-t-
elle, n'espérez-vous donc plus ?

— Si, j'espère... Oh! oui, j'espère!... Mais je

n'ai plus le droit d'espérer tout haut... J'ai été si maladroit jusqu'ici, ajouta-t-il en soupirant.

— Vous ne le serez plus là-bas, parce que vous suivrez le conseil qu'on vient de vous donner : vous agirez vous-même.

— C'est possible... Alors, nous partons ?

— Oui, nous partirons le jour où mon père quittera Paris.

— J'ai pris mes renseignements ; on doit le diriger d'abord sur La Rochelle et l'île de Ré... C'est de là que partent aujourd'hui les convois de condamnés... Vous avez sans doute l'intention de faire le même voyage, de le suivre d'aussi près que possible?

— Non. On nous remarquerait. Nous serions signalés, et plus tard cela pourrait nuire à nos projets... Nous ne devons pas commettre cette imprudence. Je compte lui dire adieu à Paris pour ne le retrouver que là-bas.

— Ah ! là-bas seulement ?

— Oui. J'ai beaucoup réfléchi à ce voyage, et voilà ce que je vous propose...

— Voyons ! voyons ! fit-il en se rapprochant d'elle.

— Je voudrais arriver à Nouméa avant le navire qui le transportera... laisser ignorer à tous que je suis la fille d'un condamné, d'un forçat... passer pour votre sœur, votre femme, peu importe... nous établir dans le pays... étudier secrètement le bagne... arrêter avec vous un plan d'évasion, et agir dès que mon père nous aura rejoints.

— Soit ! votre idée me paraît bonne, s'écria-t-il, et je l'adopte... Mais, comment nous rendrons-nous à Nouméa? Comme passagers sur un des paquebots qui font le voyage de...

— Pourquoi? fit-elle en l'interrompant. N'avez-vous pas un navire à votre complète disposition, votre yacht?

— Sans doute... Il est au Havre en ce moment.

— Eh bien ! Je m'embarquerai à votre bord.

— Ah ! vous consentez...

— Sans doute... Qu'ai-je à craindre auprès de vous?... Mon père ne vous a-t-il pas chargé de veiller sur moi? Ne vous a-t-il pas dit : « Je vous la confie... Je la mets sous la garde de votre honneur?... » J'ai en vous, mon ami, la même confiance que mon père, et je vous dis comme lui : Le monde pensera ce qu'il voudra... Que nous importe !

Notre conscience ne doit-elle pas dédaigner les calomnies ?

— Ah ! s'écria-t-il enthousiasmé, que vous êtes grande, et combien je suis heureux de me dévouer à vous !

Dans une longue causerie, ils arrêtèrent tous les détails du voyage projeté : on donnerait immédiatement l'ordre au capitaine du yacht de se diriger sur Marseille et d'y attendre ses passagers. Quelques semaines suffiraient pour se rendre en Nouvelle-Calédonie par l'isthme de Suez. Mlle Bérard et sir Gardiner auraient ainsi une avance considérable sur le transport de l'État, qui suit les côtes de l'Afrique et double le cap de Bonne-Espérance. Ce temps serait employé à étudier le pays, à faire un plan d'évasion, à tout combiner pour réussir dans cette nouvelle entreprise.

. . . .

Un jour, sir Gardiner, qui s'était ménagé des intelligences au ministère de l'intérieur, fut averti qu'un convoi de condamnés devait, le lendemain, quitter la Grande-Roquette pour être dirigé vers le port d'embarquement. Il prévint aussitôt Mlle Bérard.

XLIV

La porte d'entrée de la Grande-Roquette vient de
s'ouvrir, cette porte funèbre qui donne seulement
passage au cortège des condamnés à mort, les jours
d'exécution, et aux voitures de l'administration pénitentiaire.

C'est devant une de ces voitures que les grilles
se sont ouvertes pour se refermer aussitôt. La prison roulante, la boite à compartiments, vient aujourd'hui chercher les forçats qui, depuis quelques
semaines, attendent à la Grande-Roquette leur départ pour la Nouvelle-Calédonie.

Un homme est descendu de la voiture. C'est le
chef du convoi, le fondé de pouvoirs, comme on dit,
celui auquel on remet les prisonniers, qui en répond
et doit les conduire à destination.

Il se rend au greffe pour remplir toutes les formalités d'usage, donner son récépissé, prendre
livraison comme s'il s'agissait de marchandises.

Dans le préau où sont réunis en ce moment les
détenus, il règne une certaine agitation. En prison,
tout ce qui vient rompre la monotonie de l'existence prend des proportions énormes ; on s'émeut
du moindre événement, on se passionne pour un
rien. Depuis la veille, on sait que les condamnés aux
travaux forcés vont quitter le dépôt, et tout s'agite
autour d'eux. Ils sont les héros du jour. On les
regarde, on leur serre la main au passage, parfois on
les entoure, car la surveillance des gardiens se ra-
lentit un peu, à cette heure solennelle. On leur
donne aussi des commissions pour le bagne, où la
plupart des détenus ont un parent ou un ami.

Bientôt, appelés par le gardien-chef, les galériens
quittent la cour, salués de vivats, qu'on ne peut
réprimer, agitant eux-mêmes leurs bérets et criant :
« Vive la Nouvelle ! En route pour les colonies ! »

Lorsque les camarades, les *aminches*, ne les
verront plus, lorsqu'ils ne poseront plus pour la
galerie, cette gaieté tombera tout à coup. C'est
que l'heure est venue des derniers adieux à la mère,

aux enfants, à la femme, à la maîtresse. Adieux
déchirants : ces misérables sont souvent plus aimés,
plus regrettés que les honnêtes gens ; leur affection
malsaine, leurs fauves amours, ont laissé de brûlants
souvenirs.

XLV

Dans un coin du greffe, Bérard est assis auprès
de sa fille. Ils causent tous les deux, à voix basse,
pressés l'un contre l'autre, les mains dans les mains,
de grosses larmes dans les yeux.

Après tant d'années vécues ensemble, être ainsi
séparés ! Il était si heureux, pourtant, de la voir
grandir en beauté, en intelligence, de suivre ses
premiers pas dans la vie, de voir monter à l'horizon
ce beau soleil levant. Et elle, elle s'était toujours
dit : « Même si je me marie, je vivrai près de lui,

je ne le quitterai jamais, je veillerai sa vieillesse et je l'entourerai de tant de soins qu'il ne se verra pas vieillir. »

Et on va désunir ces deux êtres qui n'ont qu'un même cœur !

— Non, non, on ne nous sépare pas, murmura-t-elle à son oreille... Tu ne me quittes pas, je reste avec toi comme tu restes avec moi... Tu seras mon unique pensée et la tienne me suivra toujours ; n'est-ce pas, mon père, mon père adoré ?

— Oui, oui, répond-il. J'oublierai tout, les souffrances, les humiliations, pour ne vivre qu'avec toi, avec toi seule... Ne me plains pas, ne me pleure pas... Je ne puis être malheureux avec ton cher souvenir.

XLVI

Le fondé de pouvoirs, ses papiers en règle, est sorti du greffe et se tient dans la cour, devant sa

14.

voiture, entouré de deux hommes sous ses ordres.

On lui amène chaque forçat l'un après l'autre. Il dévisage son prisonnier, le fouille une dernière fois, ordonne de lui mettre les menottes, si l'homme lui paraît dangereux ou lui est désigné comme tel, puis le fait monter dans la voiture et enfermer dans un compartiment.

Au milieu de la cour, les femmes, les vieillards, les enfants, pleurent, se désolent.

De la voiture sortent aussi des cris, des sanglots, et quelquefois des rires, le refrain d'une chanson obscène.

.   .   .   .

Tous ses hommes enfermés, bouclés, le chef du convoi consulte sa montre. Il n'a plus qu'une heure pour gagner le chemin de fer d'Orléans. Alors il se dirige vers le greffe afin de se faire délivrer le condamné Bérard.

XLVII

En renonçant à toute tentative d'évasion, tant
que Bérard serait en France, sir Gardiner s'était
réservé le droit d'user de son influence pour adoucir le sort de son protégé. Cette fois, plus modeste
dans ses prétentions, il devait réussir : un ministre, quel qu'il soit, tient toujours à l'opinion
de la presse étrangère, compte toujours avec
ceux qui la dirigent; et le ministre de l'intérieur
en fonctions alors devait ménager sir Hanley-Gardiner. Aussi, d'après ses ordres, le chef de la première division, grand maître de toutes les maisons
de force et de correction, souverain absolu de tous
les condamnés et des employés qui les gardent,
avait-il fait des recommandations particulières à
ses agents au sujet de Jean Bérard. Ostensiblement,
ce condamné devait être traité comme les autres ;

mais, secrètement, on enjoignit au chef de convoi, aux directeurs de prison, de se montrer le moins dur possible pour lui, de lui accorder quelques faveurs précieuses dans sa situation.

Non content d'intriguer auprès du ministre de l'intérieur, le journaliste américain avait fait une visite au ministre de la marine, et celui-ci, de son côté, s'était empressé de recommander Bérard au commandant du navire de l'État désigné pour transporter en Calédonie le convoi de forçats.

C'était ainsi que sir Gardiner, vaincu, battu dans ses grandes tentatives d'acquittement et d'évasion, avait essayé de se rattraper en petit, dans le détail.

Le fondé de pouvoirs, à qui ses chefs immédiats avaient fait la leçon depuis la veille, s'avança donc sans trop de brusquerie vers son prisonnier, et lui dit d'un ton presque poli :

— Il est temps de partir... Je n'attends plus que vous.

Mlle Bérard fut la première à se lever. Elle voulait donner à son père l'exemple de la résignation et du courage. Elle le serra une dernière fois sur son cœur, l'embrassa sur le front, sur les yeux,

sur les joues, pieusement sur la bouche, étouffa ses
sanglots, essuya ses larmes et, se tournant vers le
chef du convoi :

— Monsieur, fit-elle, nous sommes prêts.

L'homme, marchant devant eux comme pour
leur montrer le chemin, sortit du greffe, entra
dans le couloir et, tournant à gauche, se dirigea
vers la cour. Ils le suivirent tous deux, pas à pas,
chancelants, entrelacés. Sous la voûte, en les
voyant passer, le directeur se découvrit. On crut
sans doute qu'il saluait Mlle Bérard. Ne s'incli-
nait-il pas plutôt en secret, malgré lui, devant ce
condamné dont l'innocence lui paraissait sinon
certaine, du moins possible ?

Eux, ils s'avançaient toujours vers la voiture
cellulaire, au milieu d'une haie de gardiens, de
surveillants. Par un grand effort de volonté, Jeanne
Bérard portait haut la tête et jetait autour d'elle des
regards tranquilles, comme si elle voulait dire : « Je
ne rougis pas, je n'ai pas honte, je n'accompagne
pas un coupable, je marche fièrement à côté d'un
martyr. »

Et son attitude, sa distinction, sa beauté souveraine et aussi la grande taille de Bérard, sa tête dé-

couverte en ce moment, son front large, ses cheveux blanchis par l'étude, les larmes qu'on voyait couler de ses yeux tout le long de ses joues, impressionnaient, émouvaient tous ces hommes, rebelles d'ordinaire à l'attendrissement. Ils saluaient comme leur chef avait salué.

Le fondé de pouvoirs, lui aussi, près de la voiture, tenant d'une main la portière ouverte, semblait attendre non plus un prisonnier, mais un voyageur.

Tous pressentaient une scène d'adieu déchirante. Ils se trompaient. Le père et la fille, ne voulant pas se donner en spectacle à tous ces gens, s'étaient embrassés dans le greffe pour la dernière fois.

Tout à coup, Bérard se retourna vers Jeanne, la regarda longuement, lui prit les mains, les serra fortement et, s'arrachant d'elle, monta dans la voiture.

Aussitôt la prison roulante se mit en mouvement.

Il en sortit d'abord des cris, des sanglots, et aussi des rires, des chansons et des injures.

Puis, on n'entendit plus rien, les portes de la Grande-Roquette venaient de se refermer.

XLVIII

Jeanne Bérard restait à la même place, au milieu de la cour, comme si la voiture était encore là. Elle ne la suivait même pas des yeux. Sa pensée, comme son corps, était glacée. Elle ne songeait pas, elle ne parlait pas, elle ne pleurait pas.

Alors sir Gardiner parut à droite, sur le seuil de la porte d'entrée. Par délicatesse, il s'était tenu à l'écart jusque-là. Maintenant il venait dire : « Vous n'êtes pas seule. Je vous reste. Je suis toujours là, moi, votre ami dévoué... moi, qui vous adore. »

Elle le vit, dès qu'il apparut.

Le regard fixé sur lui, elle s'avança lentement, le rejoignit et prit son bras.

Un coupé les attendait sur la place. Ils y montèrent, et, pendant que la voiture descendait la rue de la Roquette et prenait le boulevard Voltaire, elle appuya sa tête contre l'épaule de sir Gardiner et

pleura longtemps, silencieuse. Heureux de la sentir
ainsi près de lui, pénétré d'une sorte de volupté
douce, un peu pâle, le cœur tout palpitant, il se
taisait aussi et la laissait pleurer.

. . . .

Leurs préparatifs étaient faits, leurs malles expé-
diées depuis deux jours. Fidèles au plan qu'ils
avaient tracé, ils prirent à sept heures du soir le
train de Marseille.

XLIX

L'automne a remplacé l'été. Paris revoit peu à
peu tous ceux qui l'ont quitté pour courir les plages
et les villes d'eaux. La saison d'hiver se prépare :
quelques salons ouvrent déjà leurs portes, on s'invite à dîner, les théâtres annoncent des pièces nouvelles.

Cependant, la princesse Sophia Lavisine et le baron Charles de Mérieux sont encore, sont toujours en Normandie, dans le petit bain de mer de Vaucotte.

Durant tout l'été, la princesse n'est pas allée une seule fois à Paris. On la croit en Russie, et le prince Orsiloff, à qui plusieurs personnes ont demandé de ses nouvelles, a répondu : « Elle s'est réfugiée dans ses terres et ne reviendra parmi nous que le temps de son deuil expiré. »

Quant au baron de Mérieux, il a renoncé aux brusques départs, aux absences calculées de façon à se faire regretter et à confirmer sa puissance. Il dédaigne ces ruses inutiles maintenant.

Vaucotte, et Yport, Étretat, ses voisins, sont déserts : les baigneurs et les baigneuses ont pris la fuite depuis la fin de septembre. On ne voit dans le vallon que des paysans, et sur la plage que des pêcheurs. Aussi les deux amants, ne craignant plus d'être reconnus, ont-ils élargi le cercle de leurs promenades. Ils se permettent de longues excursions à pied sur la falaise, dans la campagne, au milieu des rochers. Ils se promènent en mer, montent à cheval, et ne rentrent que le soir pour faire

15

un bon dîner, qui, s'il n'est pas délicat, est copieux
et fortifiant. Cette vie au grand air, cette hygiène
bien comprise, renouvellent leur sang, entretien-
nent leurs ardeurs : leurs amours ont encore toute
la saveur, toute la fougue des premières nuits.

Elle est absolument conquise, vaincue. Elle ne
vit que par lui, que pour lui. Il est son maître, il
est son Dieu. Elle lui appartient : il peut en faire ce
qu'il voudra. Qu'il donne un ordre, elle obéira sans
hésiter. Sa fierté de grande dame, de moscovite, de
princesse par le sang et par les grandes alliances,
a disparu. Elle l'aime de son amour à elle, elle
l'aime aussi de son amour à lui, parce qu'elle se
croit adorée, qu'il a su la persuader.

Il ne lui a pas suffi de la prendre par le cœur,
par les sens, il s'est adressé aussi à sa raison et
même à ses intérêts. Par instants, l'amant s'efface
devant le conseiller et l'ami. Entre deux baisers, il
lui parle affaires, lui dicte une lettre à un intendant,
à un notaire, à un agent de change, lui indique
un bon placement, se rend utile, indispensable.
C'est lui qui tient aussi le livre des dépenses
communes. Chacun d'eux prétendait d'abord que
les frais d'entretien, d'existence, le regardaient seul

Ils disaient l'un et l'autre : « Je suis chez moi, tu es mon hôte. » Comme ils ne pouvaient s'entendre sur ce point, ils ont fait des concessions mutuelles, partagent toutes les dépenses et vivent comme mari et femme, sous le régime de la communauté. Toutes les semaines, lorsqu'il la prend sur ses gnuox et l'oblige à jeter un coup d'œil sur le livre de comptes, elle a de véritables étonnements et s'écrie : « Comment, nous n'avons dépensé que cela pour si bien vivre ! C'est le dixième de la somme que je consacrais autrefois à des niaiseries, à mes plaisirs. Comme le bonheur coûte bon marché, et comme tu m'enrichis, ma chère âme ! Grâce à toi, mes millions s'accumulent, et bientôt, je ne saurai plus qu'en faire. » A part, lui, il se dit qu'il en trouvera l'emploi.

Ils étaient si heureux, cette fin d'automne au bord de la mer avait de tels rayonnements, qu'ils ne songeaient plus à partir.

— Si nous passions l'hiver ici ? murmurait-il la bouche collée sur son oreille.

Charmée, toute frémissante, brûlée par son souffle, elle répondait : « Oui, oui... Restons ici, restons ensemble, seuls, toujours seuls. »

Jamais accord plus parfait n'avait régné entre deux amants; jamais deux tempéraments et deux cœurs ne s'étaient si bien fondus l'un dans l'autre; jamais aussi dans un ciel plus calme n'éclata un orage plus soudain. Il est vrai que, si la princesse ne l'avait pas vu venir, le baron de Mérieux, en excellent astronome, aurait pu l'annoncer depuis longtemps.

L

Vers la fin d'octobre, un matin, comme elle était encore couchée, il sortit suivant son habitude pour aller sur la route au-devant du facteur. Quand il rentra, il la trouva revêtue d'un peignoir, se chauffant auprès d'un grand feu de sarments.

— Tu as été bien long, lui dit-elle ; le facteur était donc en retard ?

Il ne répondit pas. Alors elle leva les yeux sur lui.

— Mon Dieu, qu'as-tu ? s'écria-t-elle. Ta figure est toute bouleversée. Tu as appris une mauvaise nouvelle ?

— Non, non... Je n'ai rien, je n'ai rien... Tu te trompes.

— Je te dis que tu as quelque chose, moi... Je ne t'ai jamais vu ainsi... Ah ! je veux que tu me dises... Tu ne réponds pas, tu as donc des secrets pour moi ? Est-ce qu'il doit y en avoir entre nous ?

Elle s'élança vers lui, lui prit la tête de ses deux mains, et, après l'avoir embrassé à pleines lèvres sur la bouche :

— Parle ? Je veux que tu parles, dit-elle.

Comme s'il n'avait plus la force de lui résister, il laissa tomber ces mots :

— Je suis ruiné !

Elle le rejoignit et vivement :

— Ruiné ! Comment ? Qu'est-il arrivé ?

Il se fit longtemps prier pour répondre : « A quoi bon ? Pourquoi la tourmenter, s'entretenir de choses ennuyeuses, parler d'affaires lorsqu'on pouvait parler d'amour ? »

Elle y mit tant d'insistance, elle le pressa tellement, elle fut si persuasive, qu'il finit par se laisser convaincre.

« Il avait été riche, très riche autrefois... Depuis longtemps, il ne l'était plus... Avant de la connaître, d'aimer pour la première fois, il avait dépensé sa fortune, sa vie, follement, pour s'étourdir, occuper son esprit, son imagination à défaut de son cœur, qui ne pouvait aimer.

« Le jour où il la rencontra, où il comprit qu'enfin sa vie était fixée, qu'il ne courait plus après le plaisir puisqu'il avait trouvé le bonheur, il ne possédait plus que cinq cent mille francs.

« Sur les conseils d'un ami, il plaça cette somme dans une entreprise sérieuse, excellente, disait-on, qui devait rapporter de beaux intérêts, près de dix pour cent, et constituer un revenu de cinquante mille francs de rentes... Puis il était parti, s'enfermant avec elle dans leur chère solitude, loin du monde, loin des bruits, loin des nouvelles, loin des affaires... Hélas ! celle qui devait l'enrichir avait mal tourné, il perdait non seulement ses revenus, mais son capital tout entier. »

Et, tout en parlant, il froissait une lettre dans sa main, il la montrait en disant :

— Vous voyez... Je ne puis me faire aucune illusion. La nouvelle est certaine. On me la donne en termes précis.

Un expert en écritures se serait sans doute aperçu que les caractères tracés sur cette lettre ressemblaient fort à l'écriture du baron de Mérieux ; mais la princesse Sophia ne songeait même pas à jeter un coup d'œil sur le papier qu'on lui tendait. Il lui suffisait d'en connaître le contenu.

Lorsqu'il eut tout dit, à son tour, elle prit la parole :

— Dans tout cela, fit-elle, je ne vois qu'une chose. Au lieu de vous occuper de vos affaires, de les surveiller, vous êtes venu vous renfermer ici par amour pour moi. Je suis cause de votre ruine.

— Vous ! Toi ! Ah ! par exemple !

— Sans doute... Dans mon égoïsme, je ne vous laissais pas le temps de songer à vos intérêts... Et quand je pense que vous vous occupiez des miens. Oui, vous me donniez des conseils. Vous me faisiez faire de bons placements. Vous m'avez enrichie pendant qu'on vous ruinait... Je n'admets pas qu'il en soit ainsi. Cette perte me regarde, ne regarde que moi.

— Comment! Je ne comprends pas.

Elle reprit en s'animant :

— Je suis votre amie, je suis votre sœur avant d'être autre chose. Il ne peut y avoir de fausse délicatesse entre nous. Laissez-moi me figurer que cette somme de cinq cent mille francs, c'est moi qui l'ai perdue pour l'avoir mal placée. Permettez-moi de confondre cette mauvaise affaire avec les bonnes que j'ai faites cet été, grâce à vous. Nous partageons ainsi les pertes et les bénéfices, ce qui est juste.

— Jamais! Jamais! s'écria-t-il.

Et, comme elle insistait :

— Non, non! dit-il d'une voix ferme. Vous me désobligeriez, vous me blesseriez si vous me disiez un mot de plus sur ce sujet. Ma dignité ne me permet pas de vous écouter plus longtemps... Entre amant et maîtresse... pardon de me servir de ces expressions, j'y suis obligé... il ne doit jamais y avoir de question d'argent.

— Il y en a bien entre mari et femme, fit-elle observer.

— Oh! c'est autre chose... Je vous en prie... Vous ne me convaincrez pas... Laissons cela et parlons de nous.. L'ennuyeuse nouvelle que je viens de recevoir m'oblige à partir pour Paris.

— Je le comprends. Partons.

— Non, non! Si vous m'accompagniez, je serais à vous, toujours à vous, et je négligerais mes affaires. Je n'en ai plus le droit aujourd'hui. Il faut que j'essaie de sauver une épave de mon naufrage... Restez ici, attendez-moi. Je ne serai pas longtemps absent, quelques jours à peine... Nous ne changerons rien à nos projets. Paris me serait pénible en ce moment, j'y ferais triste figure... Laissez-moi m'habituer à ma pauvreté.

— Oui, tu as raison, dit-elle.

Elle ne pouvait s'empêcher d'admirer sa sagesse, sa tranquillité dans le malheur et son exquise délicatesse.

Dans l'après-midi, elle l'accompagnait jusqu'à Fécamp, où il prit le train.

LI

Ils s'étaient juré de s'écrire tous les jours, le matin, le soir, à chaque instant. Pendant une semaine, leurs lettres se croisèrent sans interruption ; puis, un matin, la princesse Sophia ne reçut rien.

Elle passa une journée terrible. Vaucotte lui parut triste, triste à mourir. Mille craintes lui traversaient l'esprit.

Le lendemain, même silence. Elle envoya des dépêches qui restèrent sans réponse.

Alors, elle n'y tint plus et partit pour Paris.

En arrivant, elle prit une voiture et se fit conduire chez M. de Mérieux.

— Monsieur le baron n'y est pas, lui dit le domestique.

— Eh bien, je l'attendrai.

Et, après avoir éloigné le valet de chambre d'un geste, elle entra dans le salon.

Charles de Mérieux était assis devant la cheminée.

LII

Il s'était levé brusquement, et, debout, ses bras tendus, appuyés sur le dossier d'un fauteuil, il la regardait fixement, immobile, sans courir à elle.

La princesse restait, elle aussi, à la même place, étonnée de cette réception, effrayée surtout.

Elle voulait parler, l'interroger, et elle ne pouvait pas. Les sons ne seraient pas sortis de sa gorge contractée.

Il rompit le premier le silence, en laissant tomber ces mots, tristement, comme un reproche :

— Pourquoi êtes-vous venue ?

Elle fit un effort et, oppressée, haletante, elle dit en balbutiant :

— Pourquoi je suis venue !... Tu demandes pour-

quoi je suis venue !... Toi !... Mais, parce que
tu ne me rejoignais pas... Tu me laissais seule
là-bas, seule, sans m'écrire, sans répondre à mes
lettres, à mes dépêches... Ah ! je ne pouvais plus
vivre ainsi. Je serais morte... Je pars, j'arrive et
on me dit que tu n'y es pas... Tu ne voulais donc
pas me recevoir ? Tu ne m'aimes donc plus ?

— Je t'adore ! je t'adore ! s'écria-t-il d'une voix
passionnée, vibrante.

— Tu m'adores et tu me fais souffrir ainsi ! Tu
m'adores et tu peux vivre loin de moi ! Je ne
comprends pas.

— En effet, tu ne peux pas comprendre, fit-il en
baissant la voix. Tu ne peux pas deviner que je
suis un misérable.

— Un misérable, répéta-t-elle. Un misérable,
toi !

— Oui, un misérable, un lâche plutôt... Je ne
sais pas supporter la misère.

— La misère ! La misère ! répétait-elle. Expli-
que-toi.

— A quoi bon m'expliquer? reprit-il avec découragement. Est-ce que je m'explique moi-même ce
qui se passe en moi ?... En arrivant à Paris, je me

suis rendu chez la personne qui s'occupe de mes affaires... Non seulement j'ai perdu tout ce que je possède, mais une opération de Bourse qu'on a faite pour mon compte, pour me rattraper, disait-on, n'a pas réussi... Je dois cent cinquante à deux cent mille francs... Hier, j'ai reçu du papier timbré, moi ! moi ! Voilà où j'en suis... J'ai couru, j'ai cherché, je me suis adressé à mes amis... J'ai demandé non pas de l'argent... on n'emprunte pas lorsqu'on ne peut pas rendre... mais une position quelconque, une place, n'importe laquelle, qui me permettrait de vivre à Paris, de ne pas te quitter, d'être toujours à toi, à toi seule... J'aurais vendu cet hôtel, ces meubles, payé mes dettes et ensuite j'aurais travaillé... Oui, j'aurais eu le courage de travailler pour te garder... J'aurais loué un modeste logement, une chambre même, et tu y serais venue comme tu viens ici... Ta fierté n'aurait pas souffert... Je te connais.

— C'est vrai. Eh bien ?

— Eh bien, je n'ai rien trouvé, rien... On m'a fait partout la même réponse : les administrations sont encombrées. Il y a vingt postulants pour la même place. Les plus grandes entreprises financières, en ce moment, renvoient la moitié de leurs employés. A la Bourse, on ne fait pas d'affaires... « Peut-être, plus tard, ajoutait-on, mais n'y comptez pas trop. » Plus tard !... Plus tard !... Comment vivrai-je jusque-là ? Que deviendrai-je ? Après avoir vécu comme j'ai vécu, déchoir, tomber. Entendre dire de moi : « Le baron de Mérieux, vous savez, le baron de Mérieux, qui a tant fait parler de lui, dont chacun vantait l'élégance et le luxe, il est ruiné, tout à fait ruiné. » Eh bien, non ! Je ne puis me faire à l'idée qu'on me plaindra, moi qu'on admirait, qu'on enviait autrefois. C'est de l'orgueil, de la vanité bête. Mais c'est ainsi. Alors...

— Alors ? demanda-t-elle effrayée.

Il baissa la tête et murmura :

— Alors, j'ai songé à me tuer.

— Te tuer !... Te tuer !...

— Rassurez-vous, s'empressa-t-il d'ajouter. J'ai renoncé à cette idée. Je n'ai même pas assez de courage pour me tuer.

Et, comme elle le regardait toujours avec effroi, il lui prit brusquement les mains et, continuant :

— Ne sois donc pas effrayée. Est-ce que je te parlerais de suicide si je n'y avais pas renoncé ?...

On fait certaines choses, on ne les dit pas... Cependant ma résolution était bien prise... Le jour fixé... J'avais mis toutes mes affaires en règle. J'avais écrit à plusieurs de mes amis... A tous, excepté à toi.

— Excepté à moi !

— Oui, oui, fit-il avec exaltation. Toi, il m'aurait été impossible de te quitter ainsi sans te revoir, sans te presser une dernière fois sur ma poitrine, sur mon cœur... Je serais allé te rejoindre là-bas. Je t'aurais expliqué ma longue absence, mon silence, le mieux que j'aurais pu... Je t'aurais dit que toutes mes affaires étaient arrangées... Je me serais fait gai, souriant, tranquille... Tu ne te serais jamais doutée de mes projets... Et, pendant deux ou trois jours, une semaine peut-être... oh ! oui, une semaine... je t'aurais aimée plus peut-être, si c'est possible, que tu ne l'as été encore... Oui, oui, que veux-tu?... C'était une idée folle, coupable, sans doute, une coquetterie de mourant... Je voulais être regretté, pleuré. Je voulais... Ah ! je ne sais pas ce que je voulais... Je ne voulais quitter la vie que rassasié d'amour, de volupté... Peut-être n'aurais-je pas eu besoin de me tuer. Je serais mort dans tes bras !

LIII

Elle l'écoutait toute frémissante, son regard brûlant attaché sur lui, la bouche entr'ouverte, les narines dilatées. Elle aurait voulu lui crier : « Que parles-tu de mourir, toi qui sais si bien aimer, toi l'amant le plus complet qui soit au monde ! Que parles-tu aussi de pauvreté, de misère ? N'ai-je pas des millions pour nous deux ? Un dixième de ma fortune te ferait plus riche que tu ne l'as jamais été. Ne peux-tu pas tout accepter de moi ? Tu m'aimes, il n'y a plus de calcul. La passion que nous avons l'un pour l'autre excuse tout, purifie tout. »

Elle n'osait pas dire cela. Elle craignait de le mécontenter, de le blesser, de l'éloigner d'elle. Son refus avait été si net, si précis, si franc, le

jour où elle s'était permis de lui faire ses offres de
service ! S'il allait s'indigner d'une offre nouvelle
et lui dire : « Va-t'en ! va-t'en ! Je ne veux plus t'entendre. Ta richesse humilie ma pauvreté. Je ne
veux plus te voir ! »

Elle tremblait à cette pensée.

Lui, l'enfiévrant de son regard, après l'avoir
enfiévrée de sa parole, mais en pleine possession de
lui-même, gardait le silence pour mieux l'observer
et devinait tout ce qui se passait en elle.

Il reprit au bout d'un instant, d'une voix brusque
cette fois :

— Je vous l'ai dit... Cette pensée de suicide, j'y
ai renoncé. Pourquoi ? Par lâcheté, par crainte
peut-être ? C'est possible... Je me suis battu en duel
dix fois sans la moindre faiblesse. J'ai rencontré
souvent des adversaires dangereux. Je risquais
ma vie contre eux, et je ne tremblais pas... Eh
bien, j'ai hésité, j'ai reculé à l'idée de poser un
pistolet sur ma poitrine et de faire feu... Peut-être
aussi... je ne veux pas me faire plus timide que je
ne le suis, je dois tout dire... Peut-être aussi ai-je
pensé à vous, ai-je eu pitié de vous. Je voyais
votre désespoir. Je me disais que cette mort vio-

lente, brutale, vous laisserait une terrible impression, gâterait votre vie, torturerait votre pensée, et que nos belles amours devaient avoir un dénouement moins tragique.

— Un dénouement! s'écria-t-elle. Quel dénouement? Tu admets donc... tu peux admettre...

Il baissa la tête et garda le silence.

Elle s'élança vers lui en criant :

— Parle, parle! Je le veux. Je le veux!

Il la repoussa doucement et d'une voix basse :

— Non, non! Je ne parlerai pas... Je ne parlerai pas... Je n'ose pas... Je t'écrirai... J'allais t'écrire lorsque tu es entrée ici... Ah! pourquoi es-tu venue?

— Je n'attendrai pas ta lettre, reprit-elle. Je veux que tu me dises tout. Je te supplie de tout me dire.

— Eh bien, soit! fit-il tout à coup. Il vaut mieux en finir. Je te briserai le cœur, mais tu ne souffriras pas davantage que moi.

— Mon Dieu, de quoi s'agit-il donc? murmura-t-elle en se laissant tomber sur un fauteuil, éplorée, les yeux toujours fixés sur lui.

Debout, le dos appuyé contre le marbre de la

cheminée, il se mit à dire timidement, lentement :

— Je vous ai avoué que je m'étais adressé à plusieurs de mes amis dans l'espérance d'obtenir une place, une situation quelconque, et qu'ils m'avaient laissé peu d'espoir... Il y a deux jours, je me suis souvenu d'un de mes parents... Il est riche, très bien posé, reçoit beaucoup et connaît tout Paris... Peut-être, pensais-je, me donnera-t-il un bon conseil... et je n'ai pas craint d'aller lui faire part de mon désastre... Après m'avoir sérieusement écouté, il m'a dit : « Je ne comprends pas, en vérité, mon cher ami, que tu perdes aussi vite courage. Tu es jeune encore, sympathique d'aspect. Au point de vue mondain, on n'a rien à te reprocher ; tu as toujours été des plus corrects. Tu es de bonne noblesse, tu as un titre sérieux, un nom qui a laissé des souvenirs dans l'histoire. Eh bien, il existe en France tout un lot d'héritières qui s'empresseront de t'apporter une dot considérable... Tu es ruiné, marie-toi, c'est le moment. »

— Te marier ! te marier ! s'écria-t-elle en se redressant tout à coup.

— Permettez-moi de continuer, fit-il, très ferme, très grave.

Elle se laissa retomber sur son fauteuil. Il reprit :

— Je me suis indigné comme vous... intérieurement bien entendu, car je ne pouvais pas dire à mon cousin pour quel motif le mariage m'indignait... J'ai seulement déclaré que je ne voulais pas me marier. Alors, mon parent est devenu plus persuasif, plus entraînant. « Tu repousses mon idée, faisait-il, parce qu'elle te paraît vague, indéterminée. Je te dis : Tu trouveras cent héritières, et je ne t'en désigne aucune. As-tu donc oublié cette jeune fille que tu as rencontrée chez moi, l'hiver dernier, dans mes soirées du lundi ? Elle est orpheline, libre de disposer de sa main, et elle a cinq millions. Ne te souviens-tu pas de l'impression que tu as produite sur elle ? Elle t'aime, j'en suis certain. Je m'y connais... Depuis, elle ne s'est pas mariée, et tu n'aurais, j'en suis sûr, qu'un mot à dire... »

Elle s'élança vers lui, lui prit le bras en criant :

— Est-ce que tu l'as dit ce mot ? Est-ce que tu l'as dit ?

LIV

A sa question, à son cri, il ne répondit pas.

Alors, lui tenant toujours les bras, le regardant bien en face, son visage près du sien, elle répéta :

— Est-ce que tu as dit ce mot qui permettait de te marier? Est-ce que tu as osé le dire?

Il parut encore résister, puis il murmura :

— Oui, je l'ai dit.

— Ah ! c'est infâme ! s'écria-t-elle en s'éloignant de lui.

Il la rejoignit, et lui saisissant les mains à son tour, sans quelle pût se défendre :

— Infâme ! Pourquoi ? Que t'importe que je me marie? Nous ne pouvons plus vivre ensemble... Notre liaison est finie... Nos belles amours sont mortes.

— Mortes! Pourquoi mortes?

— Je ne puis plus être ton amant... Je n'en ai plus le droit... L'honneur me commande de me séparer de toi.

— Pourquoi? demanda-t-elle encore.

— Comment! Tu ne comprends pas que ma pauvreté ne me permet pas d'être l'amant d'une femme riche comme toi?... Il y aurait entre nous une trop grande distance... Si notre liaison venait à être soupçonnée, connue... et tout arrive à se savoir, hélas!... on pourrait supposer... Il y a des hommes qui acceptent certaines situations infâmes, flétrissantes... Ah! si on avait de moi une telle idée!... On peut l'avoir... On n'admet pas, dans notre monde, que la maîtresse soit riche, que l'amant soit pauvre... Ces inégalités de fortune provoquent de mauvaises pensées... Je ne veux donner aucune prise à la calomnie. Il ne me reste plus que mon honneur, laisse-moi le garder.

Il la quitta, se jeta sur un fauteuil comme accablé, et, avant qu'elle pût parler, d'une voix profondément triste, la tête basse :

— Oui, je me marie... Il le faut... Du moment que je ne me tue pas, je n'ai pas d'autre parti à

prendre... Le nom que je porte me crée des devoirs...
Je n'y songeais pas; on me l'a fait comprendre...
Je n'ai pas le droit d'accepter certains emplois, de
vivre misérablement, d'inspirer la pitié... Et puis,
je ne crains pas de le répéter, j'ai peur de la misère...
Elle est mauvaise conseillère, elle peut entraîner à
commettre des erreurs, des fautes... Elle peut me
rapetisser moralement comme elle me rapetisse au
point de vue matériel.

Elle voulut protester; il ne lui en laissa pas le
temps.

— Le mariage est mon salut... Je me marie par
découragement, par nécessité, par devoir, sans
amour... Est-ce que je pourrais jamais l'aimer? Est-ce
que tu ne seras pas toujours entre elle et moi? Est-ce
que les souvenirs brûlants de l'année qui vient de
s'écouler me permettront jamais d'aimer une autre
femme? Ces souvenirs m'attachent, me rivent à toi
pour la vie... Je le sais bien, je le sens bien... A ses
côtés, je ne songerai qu'à toi, je ne verrai que toi...
Ma vie s'écoulera près d'elle, ma pensée, mon cœur,
mon âme seront toujours dans cette maison où nous
avons été si heureux, et là-bas, là-bas, dans le
cher nid que nous ne reverrons plus ensemble.

Il se releva tout à coup, et, marchant dans le salon :

— C'est un martyre, un martyre auquel je me condamne... Martyre de toutes les heures, de tous les instants !... Vivre auprès de celle qu'on n'aime pas, lorsqu'on en aime une autre... Être aimé et ne pas aimer... Rendre malheureux un être qui ne vous a rien fait... Car elle s'apercevra de mon indifférence, de ma froideur à lui rendre ses caresses... Je serai son mari, je ne serai pas son amant... Elle sera ma femme et ne sera pas ma maîtresse... Elle est jeune, pourtant, toute jeune ; elle est jolie... Oui je m'en suis souvenu... Son amour me touchait autrefois... Je ne songeais pas alors au mariage... Puis, je t'avais rencontrée quelques jours auparavant. Je ne t'aimais pas encore, mais je te désirais ardemment. Pour moi, tu étais la plus séduisante des femmes... Je te l'ai bien prouvé depuis. Ma passion pour toi ne s'est jamais ralentie. Elle est plus ardente peut-être, plus folle qu'au premier jour... Je crois que je t'aurais aimée ainsi jusqu'à la mort !

Il s'était arrêté pour dire ces derniers mots, et il la regardait fixement. Tout à coup, comme si ses

souvenirs lui faisaient oublier toutes ses résolutions, comme pris d'une rage folle, il la rejoignit, l'étreignit dans ses bras, colla son corps contre le sien, chercha et rencontra ses lèvres.

Elle n'eut pas la force de se défendre. Ses nerfs surexcités par cette longue scène, ses désirs refoulés depuis huit jours, sa matérialité, triomphèrent de son amour et de sa fierté blessés. Sans protestation, sans résistance, machinalement, elle redevint sa maîtresse.

Mais, comme maintenant, assis loin d'elle, le corps replié, les coudes sur les genoux, la tête dans les mains, il gardait le silence et semblait se repentir de n'avoir pas su dompter sa passion, elle, délirante, éperdue, s'élança vers lui et tombant à ses genoux ,

— Pourquoi, au lieu de l'épouser, ne m'épouses-tu pas ? s'écria-t-elle.

16.

LV

Enfin, il l'avait conduite où il voulait la conduire.
Il avait joué avec tant de talent, de conviction, d'ardeur, son rôle d'amoureux, qu'il triomphait. La co-
médie dont il était le principal interprète, bien conçue, bien charpentée, semée de situations émou-
vantes, arrivait au dénouement prévu de toutes les
comédies : le mariage. Et ce mariage, contraire-
ment à tous les usages, on le lui offrait. Ce n'était
pas lui qui demandait la main de la personne à marier; c'était la personne elle-même qui faisait toutes
les avances.

Pour rester dans son rôle, il simula le plus grand
étonnement.

— Vous épouser ! répétait-il. Vous épouser !...
Y songez-vous ! Vous ne parlez pas sérieusement.

— Très sérieusement. Ce n'est pas la première fois que cette idée me vient.

— C'est une folie. Je ne vous la laisserai pas commettre.

— Quelle folie y a-t-il, mon deuil expiré, à épouser un homme honorable et que j'aime ?

— Vous oubliez, ma chère, que vous vous appelez la princesse Lavisine. Vous êtes apparentée aux plus grandes familles, et je suis seulement le baron de Mérieux.

— Eh bien ! Après m'être appelée princesse, je deviendrai baronne. Le titre de baron quand il est ancien, vaut bien celui de prince, de prince russe surtout, qui est trop répandu. Que m'importe, du reste ! Je me parerai de votre nom avec plus d'orgueil que de tout autre titre.

— Malheureusement, continua-t-il, vous n'êtes pas seulement la princesse Sophia Lavisine. Vous avez une fortune considérable. Tout le monde la connait. Elle monte à plus de cinquante millions.

— Que fait le chiffre ?

— Beaucoup ! En vous épousant, je passerais pour un spéculateur. On dira de moi, qui n'ai jamais su calculer de ma vie : « Il s'y connaît en bonnes affaires. »

Elle allait lui répondre. Elle n'osa pas. Elle craignit de le blesser. Mais il l'avait comprise, et il reprit :

— Oui, je sais. Je devine ce que vous voulez me dire. Aucune de vos pensées ne m'échappe. Vous vous étonnez de mes scrupules vis-à-vis de vous, lorsque je songe à épouser une héritière de cinq millions. C'est cela, n'est-ce pas ?

Elle garda le silence.

— Eh bien, permettez-moi de vous faire observer que ce mariage n'aurait aucun rapport avec celui que vous me proposez. La jeune fille en question appartient à une famille honorable, mais seulement honorable, sans passé, sans alliance. Sa fortune a été gagnée dans les affaires par un père intelligent, voilà tout. Elle m'apportera une dot, soit ! Mais je lui apporte, moi, un nom, un titre, une situation excellente. Je lui ouvre les meilleurs salons de Paris. Elle peut être reçue partout, en plus haut lieu. Entre nous, il y a simplement échange d'apports. Ma dot, toute morale, vaut bien la sienne, qui n'est que matérielle. Elle fera une aussi bonne affaire que moi ; le monde le comprendra et approuvera.

Elle se rapprocha de lui, et lui prenant les mains, qu'elle serra violemment :

— Alors, dit-elle, tu ne veux pas ?

— Je ne peux pas, dit-il.

— Et tu vas l'épouser ! s'écria-t-elle la voix vibrante, l'œil ardent.

Le moment du coup de théâtre était venu.

Il ferma les yeux, comme s'il ne pouvait supporter son regard, et, tombant sur un fauteuil :

— Non, je ne l'épouserai pas... Je ne puis plus, je ne puis plus... après ce que tu viens de dire, après ce que tu viens de faire... Je n'ai jamais douté de ton amour ; mais, je ne le croyais pas si grand, si profond, si vrai, si généreux... Tu m'aimes au point de me sacrifier ton nom, ta haute situation... au point de vouloir partager avec moi toutes tes richesses... Et je t'abandonnerais, je te quitterais, je consentirais à perdre un amour comme le tien ! Non ! non !... Il fait mon orgueil, il fait ma joie... Je consens à tout pour le conserver... A toutes les privations, à toutes les humiliations, à toutes les souffrances matérielles et mora-

16.

les... Tu entends ! tu entends ! Rien n'est changé.
Nous retournerons là-bas ou bien nous vivrons ici,
comme tu voudras. Oublie tout ce que j'ai dit...
Je suis à toi pour la vie... Ton amour a vaincu
tous mes scrupules, toutes mes fiertés.

Elle l'avait écouté avidement, son regard perdu
dans le sien, sa bouche tout près de sa bouche.
Lorsqu'il eut fini de parler, elle l'étreignit de toutes
ses forces et se perdit dans lui. Elle ne pouvait pas
prononcer un mot ; son bonheur l'étouffait; sa joie
la rendait folle.

Lui, il souriait, en disant : « Dans quelque
temps elle aura peur de me perdre, et voudra
m'attacher pour toujours. L'idée du mariage est
entrée dans sa tête de moscovite opiniâtre, de
femme exaltée, et cette idée n'en sortira pas. C'est
maintenant l'affaire de quelques semaines. »

LVI

Cependant, au point où en étaient les choses, le baron de Mérieux comprit qu'il devait empêcher la princesse Lavisine de s'endormir dans son bonheur et dans une douce quiétude. Il sentit aussi que, par suite de l'attitude qu'elle avait prise, de ses refus calculés, il devait paraître persister dans sa résistance et n'agir qu'indirectement.

Rien ne lui était plus facile ; la jeune fille dont il avait parlé n'était pas un être imaginaire. Il existait, en effet dans la Chaussée-d'Antin une héritière de cinq millions, assez jolie personne, qui s'était éprise de lui à la suite de quelques coquetteries et de plusieurs valses. Ce léger affolement de jeune fille excentrique, ce caprice de fille riche, seraient-ils allés jusqu'au mariage ? C'était douteux. Mais on pouvait le supposer, et Charles de Mérieux s'arrangea de telle façon que bientôt on le supposa. Vers la fin de décembre, le bruit se répandit, en effet, qu'il allait épouser Mlle X... et quelques journaux avides d'indiscrétions, habilement provoquées, s'empressèrent de propager ce bruit.

Il arriva bientôt jusqu'à la princesse Sophia Lavisine, qui, naturellement, s'inquiéta, puis s'alarma. Charles de Mérieux n'avait-il donc pas renoncé à ses projets? Essayait-il de tromper sa vigilance, et allait-il brusquement lui annoncer une rupture prochaine?

Elle voulut connaître celle dont il était question, parvint à la rencontrer chez une modiste à la mode, la trouva jolie, bizarre, bien faite, et à l'inquiétude vint se joindre la jalousie.

Très en dehors, de nature exhubérante, incapable de dissimulation, elle ne pouvait tarder à manifester ses craintes à M. de Mérieux.

Il se défendit, affirma que depuis longtemps il ne s'occupait plus de Mlle X..., que les journalistes, les chroniqueurs, étaient en retard et présentaient pour un fait nouveau une nouvelle de l'an passé. Il accusa même son parent, qui persistait dans son idée et voulait le marier à toute force, d'entretenir ces bruits pour lui forcer la main.

— Alors tu le jures, tu ne penses plus à elle? demanda la princesse.

— Je t'affirme que je ne pense plus qu'à toi, répondit-il.

Elle eut peur cependant. Pourquoi n'avait-t-il pas insisté pour passer l'hiver à Vaucotte, comme c'était d'abord convenu ? Il donnait comme raison la nécessité de s'occuper de ses affaires, de chercher une place. Mais ses recherches le tenaient dans le jour éloigné d'elle, et paraissaient le préoccuper le soir. Il ne lui appartenait plus comme autrefois. Il continuait à l'aimer, elle ne pouvait en douter, mais par intermittences. La série des jours heureux était interrompue. Et cette place, s'il allait ne pas la trouver ! Si, malgré ses résolutions, las de sa pauvreté, il finissait par céder aux sollicitations de sa famille ! Si, dans un moment de faiblesse, il se laissait conduire chez cette riche héritière qui aurait sur elle l'avantage du fruit nouveau, de la primeur, de la fleur fraîchement éclose !

Alors, inquiète, jalouse, elle revint à ses projets de mariage. Elle voulait décidément se l'attacher par des liens indissolubles, et, suivant l'expression dont s'était servi autrefois le prince Orsiloff, mettre en cage l'oiseau rare qu'elle avait rencontré.

Lorsque deux personnes poursuivent le même but, qu'elles sont décidées à l'atteindre, que le succès ne dépend que d'elles, le résultat n'est pas douteux. Le baron de Mérieux, sollicité de se marier, fit de nouvelles difficultés, se récria, se défendit, et, enfin, touché par les supplications de sa maîtresse, vaincu par ses larmes, consentit à ce qu'elle voulait.

Paris, quand il apprit ces projets de mariage, s'étonna. Mais ses étonnements ne sont pas de longue durée : vingt-quatre heures après, il s'étonnait d'autre chose.

Dans sa folie, et pour qu'elle fût complète, la princesse avait songé d'abord à se marier sous le régime de la communauté. Elle voulait tout partager avec celui qu'elle aimait, mettre en commun sa vie et sa fortune. Il s'y refusa et exigea la séparation de biens ; ce qui permit à ses amis, adroitement renseignés sur ces détails, de vanter son complet désintéressement. Ne savait-il pas que la séparation de biens, si elle conserve à la femme l'administration libre de ses revenus, l'entière administration de sa fortune, lui permet d'en disposer en faveur de son mari et de lui faire toute donation qu'il lui plaira? Grâce à l'empire qu'il exerçait sur l'esprit de la princesse, ces donations, ne pourrait-il pas les provoquer en temps opportun? N'imposerait-il pas toujours sa volonté à cette femme que sa passion pour lui faisait son esclave, sa chose?

LVII

Le 10 mars 187..., un an et quelques jours après la mort du prince Lavisine, le mariage de sa veuve et du baron de Mérieux fut célébré dans l'église Saint-Augustin. Ce fut une très belle cérémonie, que Paris se rappelle encore.

Le prince Orsiloff y assistait. Il s'empressa d'aller féliciter les mariés dans la sacristie, et, prenant à part le baron de Mérieux, il lui dit à voix basse:

— Je serai à cinq heures chez vous, dans l'hôte où vous m'avez reçu lorsque vous étiez garçon.

LVIII

En sortant de Saint-Augustin, le baron de Mérieux se rendit à l'hôtel Lavisine, devenu maintenant sa demeure. Dans les grands salons du rez-de-chaussée, il aida la princesse à recevoir les nombreux amis qui vinrent, suivant l'usage, les complimenter. Puis, dans l'après-midi, lorsque les visites eurent cessé, il s'esquiva pour regagner sa demeure de garçon, le petit hôtel dont il n'avait pu encore se défaire.

A cinq heures, le prince Orsiloff se présenta. Charles de Mérieux le reçut dans le salon où, dix-huit mois auparavant, ils avaient eu leur premier entretien.

Toujours très grave, très froid, le prince, sans tendre la main au maître de la maison, entra, inclina sa haute taille et vint s'asseoir dans le fauteuil qu'il avait précédemment occupé.

— Eh bien, dit-il, lorsqu'il fut installé, tout a marché comme je l'avais prévu. Mais, pour réussir aussi vite, vous avez dû déployer une grande habileté, et j'ai tenu à vous adresser mes compliments.

— Je les accepte, fit le baron en souriant, et j'avoue que je les mérite.

— Je m'en doute. Cependant vous me paraissez en parfaite santé, plus jeune que jamais, et vous ne pouvez pas regretter des efforts suivis d'un si grand succès.

Comme Charles de Mérieux ne répondait pas, le prince reprit après avoir allumé une cigarette :

— Serait-ce indiscret de vous demander maintenant où vous comptez passer la fin de votre hiver ?

— En Italie. Nous partons ce soir même. La princesse n'ouvrira ses salons que l'année prochaine.

— Combien de temps croyez-vous être absent ?

— Trois mois environ. Si vous voulez bien m'attendre jusque-là, j'aurai le plaisir de vous remettre,

17

à mon retour, les sommes importantes que vous
avez eu l'obligeance de m'avancer.

— Très bien. J'attendrai.

Il se leva, jeta sa cigarette au feu et, debout,
adossé à la cheminée, laissa tomber ces mots :

— Et le reste, quand me le remettrez-vous ?

— Le reste ? répéta le baron, qui pâlit légèrement.

— Oui, la moitié du capital qui vous appartient
aujourd'hui. La moitié de la fortune que je vous
ai fait gagner. En un mot, les vingt-cinq millions.

— Les vingt-cinq millions, balbutia Charles de
Mérieux.

— Sans doute. Avez-vous donc oublié les con-
ventions faites entre nous, ici, dans ce salon, à la
même place, à la même heure, il y a dix-huit
mois ?

— Non, je n'ai pas oublié, mais...

— Quoi ?

— Ces millions ne m'appartiennent pas. Je me
suis marié sous le régime de la séparation de
biens.

— Cela ne me regarde pas, fit le prince d'un ton
sec. Vous vous arrangerez de façon à tenir vos

engagements... Songeriez-vous à vous y soustraire ?

— Non. Mais la fortune de la princesse n'est pas liquide. Elle se compose surtout de propriétés en Russie.

— On peut les vendre. Je les connais.

— D'immeubles à Paris, ajouta le baron.

— A défaut d'acquéreurs immédiats, le Crédit foncier et la Banque hypothécaire feront un prêt.

— Vous conviendrez que ces opérations demandent un certain temps.

— J'en conviens, et je vous donnerai le temps nécessaire.

— Puis, je ne saurais demander ces sommes considérables, exiger de tels sacrifices, sans quelque prétexte.

— Vous en trouverez. C'est votre affaire... Du reste, permettez-moi de vous le dire et ne vous blessez pas de mes paroles : la femme qui a été assez folle, dans sa situation, pour épouser un homme dans la position où vous êtes, donnera sans hésiter, sans y prendre garde, toutes les signatures

que vous lui demanderez, fera toutes les extrava-
gances que son état comporte.

— Vous êtes sévère pour elle et pour moi.

— Je suis vrai. Aussi ne s'agit-il plus que de
fixer les dates des échéances... Les voici : dans trois
mois, vous me remettrez comme vous en aviez l'intention, les cinq cent mille francs que je vous ai
avancés. Au mois d'octobre suivant, je désire tou-
cher dix millions. Un an après, les quinze derniers millions. Nous serons quittes alors, et vous
n'entendrez plus jamais parler de moi. Mais, si
vous mettez le moindre retard dans ces différents
payements, je vous préviens que je serai impitoyable.

— Comment l'entendez-vous ?

— Oh! de toutes les façons. Poussez les choses
à l'extrême. Vous serez encore au-dessous de la
réalité.

Sans ajouter un mot, le prince Orsiloff prit son
chapeau, déposé sur un meuble, salua et sortit.

. . . .

Vers la même époque, sir Hanley-Gardiner et
Mlle Bérard arrivaient à Nouméa. Quant au condamné Jean Bérard, il était seulement à la veille de

quitter les casemates de l'île de Ré, où le convoi de forçats dont il faisait partie avait été retenu jusque-là pour se compléter.

FIN DE REINE DE BEAUTÉ

L'anecdote qui fait suite à *Reine de Beauté*, et qui complète ce récit, s'appellera : *LA PRINCESSE SOPHIA*.

Paris — Imprimerie PAUL DUPONT, 41, rue J.-J.-Rousseau (Cl.) 43.8.83

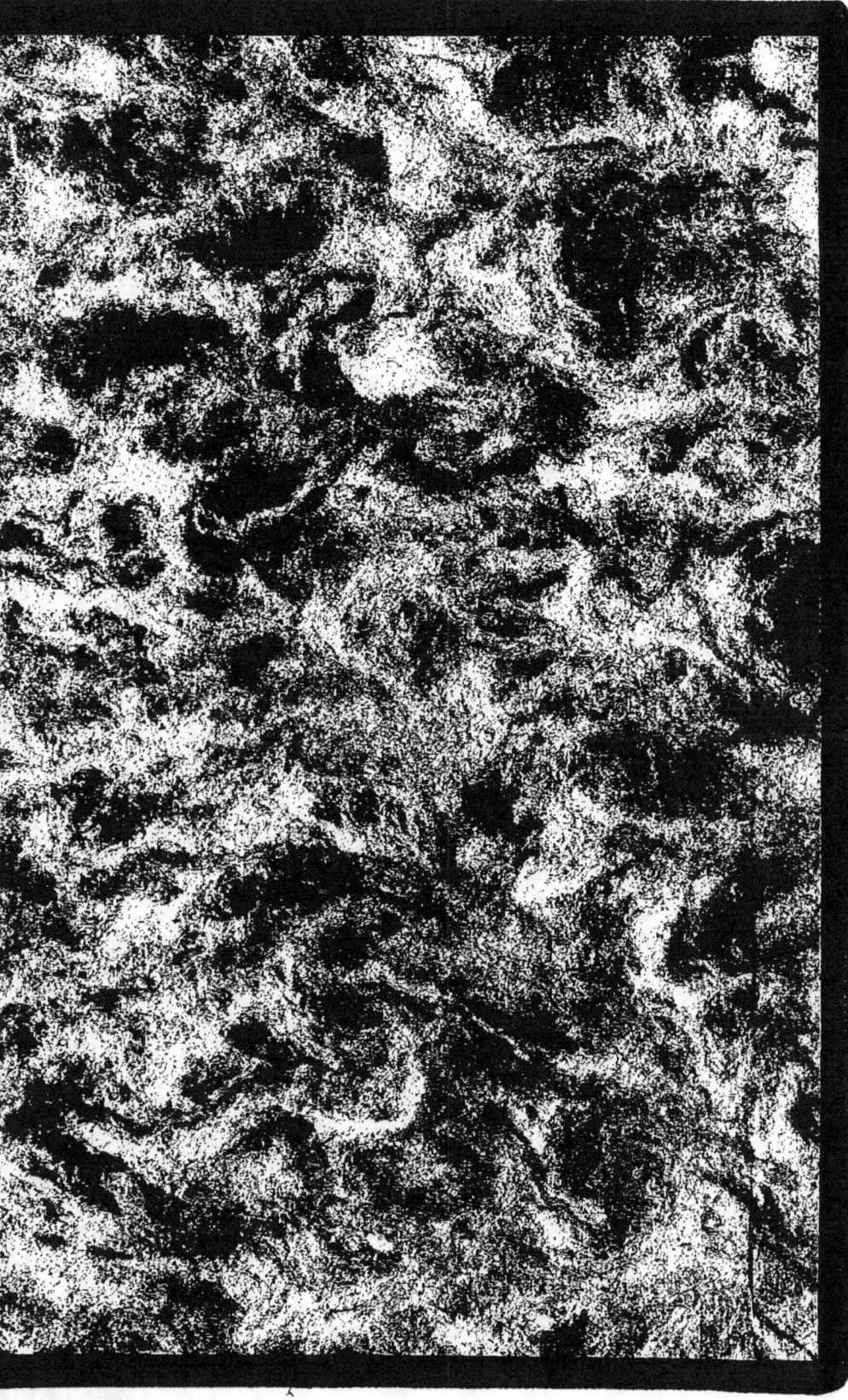